Hans von Wolzogen

Sagen der Edda

Götter- und Heldensagen

REPRINT – VERLAG
LEIPZIG

Die zum Teil geminderte Druckqualität ist auf den Erhaltungszustand der Originalvorlage zurückzuführen.

Bibliographische Information der Deutschen Nationalbibliothek
Die Deutsche Nationalbibliothek verzeichnet diese Publikation in der Deutschen Nationalbibliographie; detaillierte bibliographische Daten sind im Internet über www.d-nb.de abrufbar.

Volker Hennig, Goseberg 22–24, 37603 Holzminden
www.reprint-verlag-leipzig.de
ISBN 978-3-8262-2312-9
ISBN 3-8262-2312-8

Reprintauflage der Originalausgabe von 1929
nach dem Exemplar des Verlagsarchives

Lektorat: Andreas Bäslack, Leipzig
Gesamtherstellung: Druckhaus „Thomas Müntzer“ GmbH

Aus germanischer Vorzeit

Aus germanischer Vorzeit

Ein Sagenschatz für das deutsche Volk

von

Hans von Wolzogen

Sagen der Edda

von

Hans von Wolzogen

*

Mit 50 Federzeichnungen
von
Franz Stassen

*

Göttersagen der Edda

1. Froh und Gerda

(Freyr und Gerdha)

Am schneegrauen Winterhimmel tat sich ein helles Fenster auf wie ein Augenlid, dahinter ein strahlendes Auge blitzte, das blickte nieder auf die weite kalte Welt in der nebligen Tiefe und fern darüber hinweg bis zu den äußersten Rändern, wo die hohen eisigen Berge von Riesenheim das schlummernde Leben mit ihren ragenden Mauern umschlossen. Es war aber das sonnige Auge des göttlichen Froh, des Himmelssohnes, das also in den Erdenwinter sehnsuchtsvoll schaute, ob es nicht irgendwo in allen Tiefen und Weiten ein tröstliches Bild des lichten Lebens erblickte, das ganz in seinem langen Schlaf erstorben schien. Denn das Licht sucht das Licht um des eigenen Lebens willen, und wäre es auch nur der schöne Schein, wie dort aus der fernsten Ferne herüber die Eismauern Riesenheims grüßten: das blaue Auge Gottes klärte sich auf und drang ermutigt durch die kalte Starrheit des blendenden Schimmers, suchend nach dem Quell des ihm verwandten, des dort gefesselten Lichtes.

Da sah er eine liebliche Erscheinung: eine schöne Maid ging aus der Burg ihres Vaters in Riesenheim hinüber zu ihrem nahen Frauengemach. Licht und Leben strömte von ihrer Gestalt durch das tote Schweigen des öden Raumes und drang in warmen Strahlen empor bis unter das himmlische Augenlid und brennend in das Herz des lugenden Gottes. Da wuchs ihm das Sehnen zu verzehrender Gewalt und ward ihm zum verzweifelten Gefühle nie zuvor gekannter Einsamkeit. Er selber, alles Lichtes Herr und Kraft, entbehrte schmerzlich des Lichtes, das dort wie ein nächtiger Traum, wenn es gegen den Morgen geht, verheißungsvoll und doch so entrückt vor ihm aufgetaucht war. Sein Wesen war geteilt, sein Leben gehörte nimmer der Gegenwart – er sehnte – er wünschte – er hoffte – aber er scheute sich in unerklärlichem Bangen, dem Wunder dieser stillen klaren Schönheit mit seinem unruhvoll getrübten und zerrissenen Herzen selbst zu nahen. Er wünschte sich einen Boten und wagte nicht, ein Wort verlauten zu lassen, das seinen Zustand verriete, als wäre es ein Verrat an seinem schönen Morgentraum. Und so versank der Lichte immer tiefer ins Dunkel seiner Herzensnot. –

Die himmlische Mutter, welche die Liebe selber ist, erbarmte sich des leidenden Sohnes und rief seinen treuen Diener mit Namen „Schirner“ – denn er verstand es trefflich, alles Getrübte und Unreine mit einem stürmischen Eifer wieder schier, hell und rein zu machen – und sprach zu ihm heimlicherweise: „Auf, Schirner, geh, suche meinem stummen Sohn ein Wort abzugewinnen, damit wir erfahren, was seine Seele so tief verdunkelt hat!“ Wohl meinte der Treue in reger Sorge, es möchte ein spärliches Gespräch mit dem schweigsamen Gebieter werden: doch gehorsam der edlen Mutter ging er eilends auf seinen lichten Sohlen in den einsamen Saal des Froh, der ohne aufzuschauen nur Auge war für sein fernes Traumbild, dort am Himmelsfenster. „Vergönne mir Kunde, mein göttlicher Herr," so begann Schirner, „ich wüßt' es so herzlich gerne, was meinen hohen Gebieter all die Tage lang den Seinigen fern an diese Stätte bannt, daß uns allen die lichte Sonne schon ganz zu verlöschen scheint?" Wie er das Wort von der erloschenen Sonne vernahm, ergriff es Froh mit neuer Trauer – er hatte wohl immer des Lichtes gedacht, das ihm fehlte, aber vergessen darüber das Sonnenlicht, dessen Walter er sein soll, daß die Götter selbst daraus ihres Lebens Freude schöpften. Aber er seufzte nur wehevoll und flüsterte, dem Fragenden kaum hörbar: „Die Sonne! Die Sonne – ach! – mag sie doch leuchten durch alle Tage – meiner Liebe leuchtet sie nicht!" Da faßte sich der eifrige Diener einen guten Mut, und er rief schier munter: „Ei, wie wäre so mächtig ein Minneweh, daß ich, der ich von Jugend auf mit dir zusammen lebte und doch auch etwas erfahren habe, kein Wort davon sollte zu hören bekommen? Ich meine, lieber Herr, etwas Vertrauen hätte dein alter Knecht und Freund wohl am Ende sich verdient!" Die ehrliche Treue rührte das bewegte Herz des Gottes, daß er, noch immer zwar wie in einem Traum befangen, die heimlichen Worte fand: „Ich sah eine Maid gehen in Riesenheim – ihre Arme glänzten wie die Sonne auf dem Schnee, und Wellen und Wolken erschimmerten in ihrem Abglanz. O dieses Licht über alles Licht – lieber als alles Leben je einem sterblichen Menschen ist mir Gotte dies einzige Mädchen – und kein Himmlischer noch Irdischer erlaubt uns beiden beisammen zu sein!" – Da sprach Schirner: „Leih mir, Herr, dein fliegendes Roß, das auch an Riesenheims winterlichen Grenzen des wilden Nordlichts Flammenwall durchbricht, und gib mir wider der Riesen feindliche Sippe das blitzende Schwert, das in der Hand der Himmelsgenossen von selber siegend sich schwingt." „Gut denn," erwiderte Froh, „nimm beides hin, das fliegende Roß und das siegende Schwert! Ein Wissender bist du geworden, du kennst des Himmlischen Leiden: in deiner Hand wird die Waffe von selber sich schwingen und Riesenheims herrlichsten Schatz mir erstreiten." So nahm der Treue Abschied von seinem Herrn und begab sich zu dem gewaltigen Tiere, das, gewohnt seinen göttlichen Reiter zu tragen, schon lange ungeduldig stampfend und schnaubend eines muntern Ausflugs harrte. Doch freundlich erkannte und grüßte das kluge Roß auch des lieben Gebieters eifrigen Diener, der seiner stets wohl und gütig zu pflegen bemüht war, und vernahm mit mutiger Lust seine leise vertrauenden Worte: „Dunkel ist's draußen, die nächtige Stunde dünkt mich die rechte zum stürmischen Ritt übers Reifgebirge. Wir beide vereinigt, Reiter und Roß, wir vollbringen das Werk für den trauten Herrn; oder meinst du, Rößlein, daß der mächtigste Riese himmlische Boten bewältigen kann?" Hell wieherte da das tapfere Roß in die Nacht hinaus und trug im Sturmflug wetternd mit feurigem Hufschlag durch die Wolken dahin, wie ein Frühgewitter, dem das Wintereis schmilzt, den Boten des Lichtgottes nach Riesenheim und bis an die Gatter der Burg, darinnen Gerda weilte, des grimmen Gumer golgeschmückte, schöne Maid.

Hitzige Hunde bewachten Gerdas Saal, die begrüßten den heftig andringenden Abgesandten des Himmlischen mit rasendem Wutgeheul. Am Hügel aber, der den Saal

trug, saß ein Mann, einem Viehhirten gleich, der pfiff die Rüden zurück, daß der Fremd=

ling ihm nahen konnte und fragen: „Sag' mir, du Hirt am Hügel, der die Wege zur Burg bewacht — wie mag ich's erlangen, daß ich Gumers Goldkind spreche und dein wölfisches Grauvieh mich nicht zerreißt?" Der Hirt aber lachte grimmig spottend der kühnen F.age und sprach: „Was? Hast du zum Sterben Lust oder bist wohl gar schon vom Leben geschieden, daß du das ewig Unmögliche verlangst? Kein Lebender jemals wird sich eines Wortes mit Gumers Goldkind erfreuen!" Schirner erwiderte ruhigen Mutes und festen Blicks: „Meinst du, ich fürchte Unmögliches, und weißt du nicht, daß ein fester Wille dergleichen nicht kennt? War ich zur Reise bereit nach eurem unwirtlichen Reiche, so weiche ich auch nicht zurück vor dem erreichten Ziel; und hättet ihr hier die Macht, mich zu vernichten — was wäre das mir ein besonderer Schrecken? Einmal ist mir der Tag bestimmt, da mein Alter endet, und dem Lose meines Lebens kann ich nimmer entgehen." So sprach er, sein Wesen verhüllend, als wäre der Himmelsbote ein sterblicher Mensch, und laut lachte der rauhe Wächter abermals des frevelnden Kühnlings, der sich vermaß, den Gewalten Riesenheims zu trotzen und um ein Wort der Riesentochter den sichern Tod herauszufordern. Doch ehe sein Lachen an den Mauern der Burg verklungen war, übertönte es der jache Donnerschlag vom Schwunge des blitzenden Götterschwertes – der Wächter lag niedergestreckt, die Wolfshunde flohen heulend, und Schirner, vom Rosse gesprungen, schlug mit des Schwertes Knauf an die hallende Pforte des Gerdasaals.

Im Saale sprach Gerda zu ihrer Magd: „Was hör' ich heute so seltsames Lärmen von draußen her, wie es uns die Ruhe noch nimmer gestört? Bebt nicht die Erde und erschüttert der Schall nicht alles Gebäude der Burg?" Die Magd blickte durch einen Lugaus hinunter in den Hof und sah dort nichts weiter als einen einzelnen Mann, der vom Rücken eines Pferdes eben abgesessen dem Tiere geruhig die Grasung auf dem Boden gönnte. Das berichtete sie der Herrin, die alsbald mit Staunen bedachte, wie ein Roß doch könnte nährendes Grün dort finden, wo sonst immerdar toter Schnee den Grund bedeckt hielt. Da schien ihr ein wunderbarer Gast gekommen, dem der Eingang nicht lange zu verwehren war, und sie sagte zur Magd mit herrischer Stimme, die jeden scheuen Einwand ausschloß: „Ersuche den

Fremden, zu gastlichem Trunke in Gerdas Saal zu treten." Und während die Magd, betroffen über die seltene Wendung wider Riesenheims Bräuche, die Stufen zur Pforte niederstieg, sie dem stürmischen Einlaßforderer zu öffnen, murmelte Gerda in nie gekanntem Erbangen zu sich selber: „Was soll geschehen? Was ist geschehen? Ich fürchte, der Mörder des Bruders ist's, des wachsamen Beli, der mich Wehrlose heimsucht!"

Wie nun Schirner hereintrat in Gerdas kalten Saal, da war es, als brächte er einen schmelzenden Hauch jungen Frühlings mit, der wunderlich die unruhige Brust der Maid mit fremdem Gefühl erfüllte. Sie aber wollte sich der Gewalt erwehren und meinte nur einen unguten Schrecken zu spüren, der in die zürnenden Worte sich flüchten mochte: „Dringt uns hier einer der Asen herein oder der weisen Wanen, die draußen in Wolken und Wogen ihre Heimat und Herrschaft haben? Oder ein Albe gar, der in den Tiefen der Erde haust? Wer konnte durchs feindliche Feuer einsam nach Riesenheim fahren, ungeladen als Gast uns zu grüßen?" Rasch erwiderte der eifrige Himmelsbote: „Der Asen bin ich keiner und keiner der Wanen, auch zum Volke der Alben mag ich mich nimmer zählen; doch siehst du's selber, daß ich durchs feindliche Feuer gefahren, wer ich auch sei, als Gast dich zu grüßen! Nun aber schau her, du goldholde Maid – wie gefallen dir diese hier, die elf güldenen Äpfel aus dem köstlichen Himmelsgarten – den zwölften gibt des Lebens ewige Hüterin niemals her –, doch diese gäb' ich dir gern als würdiges Kaufgeld – weißt du wofür und ahnst du von wem? – Wenn du sie freundlich empfängst, ich will dir's gestehen: Dein stolzes Herz wird keinem je so süße Liebe schenken als wie dem einen, dem göttlichen Froh!" – Da erschrak Gerda bis ins Innerste ihres Wesens, daß der Himmlische ihrer Minne begehrte, die sie nimmer empfunden, und wuchs doch schon der schmelzende Hauch in ihrem starren Gemüte zu brennendem Schmerz. So rief sie trotzend: „Nie nehm' ich die elf güldenen Äpfel aus dem Himmelsgarten um eines Mannes Minne – nie leb' ich, solange wir leben, in einem Saale mit deinem göttlichen Froh!" – Die harte Rede rührte wenig den Boten, der noch herrlichere Gaben zu spenden hatte: „So biet' ich dir diesen Ring, der mit der Götter Edelstem einst verbrannt ward. Acht eben so echte träufeln von ihm in jeder neunten Nacht.“ Gerda wußte nichts von dem großen Geheimnis um Balders, des göttlichen Sohnes, welttraurigen Totenbrand und nichts von dem wunderbaren Ringe des wandelnden Sonnenlichtes, dessen ewig erneute Kraft der himmlische Froh vom lichten Balder geerbt, und schier spöttisch wiederholte sie Schirners heimliche Worte: „Den Ring, der mit der Götter Edelstem verbrannt ward – nicht brauch' ich den, ich habe genug des Goldes von meines Vaters Gut!“ Da brannte dem Treuen des Gottes des Zornes Flamme hoch empor und er rief wild drohend: „Siehst du dies Schwert, du überstolze Maid? Dies zauberscharfe Schwert in meiner Hand? Das dir den riesigen Wächter gefällt vor deines Saales Gatter – es schlägt auch dir in Blitzes Eile vom Halse das Haupt, wenn du nicht willig dem Boten bist, den dir des Lichtes hoher Herr gesandt!“ Noch wehrte sich Gerda: „Knechtschaft um Mannes Minne gedenk' ich dir nimmer zu dulden! Wart' nur, wenn dich der Vater trifft, – ich meine, dann kommt ihr flugs zum bösen Kampfe!“ Und Schirner dawider: „Das Schwert, das du siehst in meiner Hand, das zauberisch scharfe – es trifft deinen Vater, und tot liegt der alte Riese!" Gerda erschauerte und wollte sich wenden — zweifelsvoll, ob sie dem Vater riefe — doch schwer dräute dann der böse Kampf! — oder ob sie zu fliehen suchte vor dem gewaltigen Geschick, dem keiner entflieht, dem es das Herz bezwang. So stand sie noch zaudernd; da ergriff sie Schirner mit stürmischer Kraft bei der Hand und zog sie neben sich auf den Ruhesitz, den sie so wunderbar aufgescheucht jüngst verlassen: „Setz' dich nieder zu mir, so vertrau' ich dir ernstere Dinge als goldenes Kaufgeld und bösen Schwertkampf —: Gram künd' ich dir, unglückselige Maid, Gram und Zorn des allwaltenden Weltenherrn, und mehr als dies: Haß sag' ich dir an, Haß, glühenden, zehrenden, dessen, der dich liebet, des himmlischen Froh! Weit eher, als sein Schwert dich tötet, vernichtet dein Leben die gekränkte Liebe des lichten Gottes, die dein eigener Trotz in Haß verkehrt! Laß es die Welt nur erfahren, was du töricht verschuldet, und ein Spott und ein Abscheu wirst du werden allem, was lebt und was Liebe kennt, anders wie Lieblose, Einsame, von allen Verbannte, Gottverlassene du! Bleib du nun ewig allein in deinem eisigen Riesenheim, mit keinem Genossen als deinem schneekalten, steinherzigen, lichtfremden Wintergesipp! Birg dich in Winkeln, wo kein irdisches Auge dich sieht! Laure auf starrem Felsen bei der Adler Genist und seufze ächzend zu den tauben Ohren der Tiefe! Speise verschmähe und tröstenden Trank, die dir ein Ekel, wie die giftige Schlange dem Menschenvolk! So irre umher in den öden Räumen des Todes, aller Wahl beraubt, alles Wohles beraubt, geschieden vom Minneglück, keinem Manne vertraut, in Tränen badend dein endloses Weh, daß du dir nächtiges Leiden ertauscht für höchste, hellste Götterlust!" Und aufsprang Schirner mit heftiger Gebärde und donnerndem Rufe: „Hört es, ihr Riesen, ihr Reifsöhne alle in Riesenheim! Hört es und seid mir Zeugen, wie ich verbiete, wie ich verbanne Männergemeinschaft und süße Minne ewig der traurigen Maid!" –

Da war Gerdas eisiger Trotz geschmolzen, der warme Hauch in ihrem Herzen erschwoll zu bewältigend seliger Glut: „Heil dir, Heldensproß! Heil dir, Göttergenoß!" so rief sie vom Sitze erhoben, und hochaufgerichtet grüßte sie den grimmigen Liebesboten mit sonniger Huld: „Nimm hier den Eiskelch, gefüllt mit festlichem Firnmet, und

trink' ihn auf Gerdas Glück! Meint' ich doch nie, daß ich dulden könnte eines göttlichen Wanen stürmende Werbung!" Und Schirner leerte freudig den kostbaren Kelch — der eisige Trunk ward ihm zu glühender Wonne — und er sprach voller Herzenslust mit heiterem Lachen: „So gute Botschaft meld' ich gar gern, du schönste der Maiden! Doch sag' mir, es mangelt der Kunde noch ein letztes liebes Wort: wo wirst du und wann dem heldischen Göttersohne die nahe Gemeinschaft in wonniger Liebe gewähren?" – Drauf Gerda, leise und lieblich, wie kaum erwachte Maienluft weht: „Blütenhain ist – das wissen wir beide – ein windstiller Wald. Nach neun der Nächte will Gerda dort zum Weibe werden dem göttlichen Froh!" –

Eilends schwang sich Schirner nach heim. Wohl wußte auch er vom Blütenhain. Wer kennte ihn nicht von Ewigen und Irdischen, den seligen Ort, von Riesenheims kaltrauhen Gebieten fern, doch sehnendem Sinne von Himmel und Erde, von fernstem Winter so leicht erreicht! Und der Traumbote trat vor seinen Herrn und kündete wörtlich, was Gerda gesagt: „Blütenhain ist – wir wissen es beide – ein windstiller Wald. Nach neun Nächten will Gerda dort zum Weibe werden dem göttlichen Froh!" – Der aber seufzte selig und sprach: „Lang ist die Nacht – länger sind zwei – o wie drängt's mich zur dritten! Oft glaubt' ich wohl minder lang eines Mondes Wechsel, als sehnendem Harren eine Halbnacht währt." – Nach Skirnisför.

2. Schwingtag und Goldfreude

(Svingdag und Menglödh)

Vor der Winterriesen Burg der graue Wächter, der sich Vielgewandt (Fjölsvind) nannte, sah einen Fremdling auf schneefeuchten Wegen nahen und staunte dem Wunder, wie dieser Mann, der doch kein Riese war, mit Riesenkraft durch die wabernde Glut hindurch, welche den Burgberg umflammte, bis dicht an die Ringmauer zu dringen vermochte. „Wer bist du? Was suchst du? Was hast du hier zu suchen?“ rief Vielgewandt dem Kühnen entgegen: „Vom Heile Verlassener du, was willst du erfahren in Riesenheim?“ — „Hei da!“ rief der Fremdling zurück, „wer bist du denn? Was fragst du? Was willst du? Magst du, von Sitte Verlassener, den Gast entgasten? Sind das Grüße? Erwartest du Gruß? Ich rate dir, heb' dich von hinnen und mach' dich nach Hause!“ — „Vielgewandt heiß' ich — daß du es wissen magst, frecher Gesell! Und vielgewandt bin ich, daß du's erfahren sollst, schweifender Bettler! Dich wend' ich behende von Burg und Berg! Hier gibt's keine Kost für dich, hier öffnet sich dir keine Pforte. Von hier nur geht dir die Straße frei hinaus in die weite Welt. Die schreite geschwind mir hinunter!“ Der Wächter sprach's trotzig über sein Staunen hinweg, seines Amtes beflissen, gewärtig feindlicher Widerwehr. Doch wunderlich sanft erklang des Feuerdurchbrechers lächelnde Rede: „Wer wünscht wohl zu scheiden, wo süßeste Augenweide seiner wartet? Dort innen, im goldenen Saal, den die Flammen umgürten, da ist es Wonne zu weilen. Dahin geht mein Weg." – Da wunderte sich Vielgewandt der Wächter noch mehr des seltsamen Jünglings – ihm stockte das Zornwort vor der staunenden Frage: „Künde mir, Wunderknabe, wessen Kind du geboren, welches Baumes du Blüte, welches Namens du selber dich rühmst?" – „Windkalt bin ich, meine Eltern Frühkalt und Vielkalt!" Also scherzte der Fremdling und verriet nichts weiter von seines Wesens Geheimnis. Ihm galt es andere zu fragen, nicht anderen Antwort zu geben. So zwang er mit ruhiger Rede Macht den wissenden Alten zu kündenden Worten: „Sag' mir, Vielgewandt, was ich dich fragen wollte: ich wünscht' es zu wissen, wer Hof hier hält und Herrschaft übt über Haus und Hort?" – „Goldfreude heißt sie, des Herrn des Schlafdorns liebstes Kind; die hält hier Hof und übt die Herrschaft über Haus und Hort." – „So sag' mir weiter, Vielgewandt, was mich zu wissen reizt: wie nennt man die Burg, von Flammen umzäunt, auf dem Hügel hier, den du hütest?" – „Lichtburg – wenn du den Namen verstehst. Auf eines

Speeres Spitze tanzt das sonnige Licht. Hier auf dem Hutberg ist's gebannt und geborgen." – „Vielgewandt, red' mir nicht Rätselworte! Ich frage nach Wissen: wie heißt das Gatter, das mit unerhört listiger Kunst, wie mich dünkt, die leuchtende Burg umschließt?" – „Donnerschall, Knabe, so heißt das Gatter, und Rätsel birgt's dir, ob du's nicht hören magst: von dreien Gewaltigen ward es gebildet, des Lichtblinden Söhnen – wenn du ihn kennst! Als Fessel fängt es jedweden Fremden, der es vom Tore heben will." – „Gut, Vielgewandt, sei's drum! Doch nenne mir die Mauer, die ober dem Tore so trotzig sich reckt, dergleichen man selbst bei den Göttern droben in Walhall nimmer gesehen hat?" – „Die Mauer, du Spötter, heißt Gästespott – daß du's weißt, und aus Gliedern des Lehmriesen hab' ich sie selber gebrannt, stark und fest genug standzuhalten, solange die Welt und Walhall noch steht!" – „Ei, Vielgewandt, Witziger, was du nicht kannst und kennst! Laß du mir Welt und Walhall in Ruh', doch laß mich die Hunde mit Namen rufen, die gierig nach Beute dort rings um den Burgring laufen!" – „Die Hunde rufen? Wag's, wenn du's willst! Doch wisse, du Überkühner: Geri und Freki – gierig und frech – das sind ihre Namen – hast du sie etwa schon einst bei den Göttern gehört? Elf der Wachten wachen sie jede Nacht, bis daß die Götter vergehen." – „Vielgewandt, laß sie elf Wachten wachen – weißt du, was in der zwölften geschieht?" – Da verstummte der Wächter; der Götterkundige fand keine Antwort und ahnte sie doch in heimlicher Bangnis, weil alles Wunder kommt – in der zwölften Stunde. Nun sucht' er mit neuen Rätseln den drängenden Frager zu bannen und hub wiederum zu reden an: „Um von den Hunden ein Wörtlein noch zu sagen: wie, meinst du, kommst du ihnen vorbei, wenn sie wachen, da immer nur einer schläft am Tage und einer zur Nacht. Wie denkst du dir, schlimmer Fragewart du, den glatten Weg hindurch in die Burg?" – „Hei, Vielgewandt, schlauer Hundewart du, dein Vieh wird doch fressen, und wenn es frißt, leicht schlüpft wohl ein rascher Mann hindurch. Doch, was ich wissen wollte, sag': welche Kost gibt's für das wütige Paar, daß sie im Fressen die Wacht vergessen?" – Nicht lange sann der Alte, ihm brannte die göttliche Kunde im Herzen: „Eines gibt's, das, wenn sie fressen, läßt sie vergessen

Wacht und Wut: das ist das Fleisch des Vogels, den sie ‚Obenaus' nennen; denn droben wacht er auf Mimirs Baum, dessen Wurzeln Menschen nicht wissen. Weder Schwert noch Feuer versehrt den Stamm, bis der Schwarze – der Surtur – die Dämmerung bringt über Götter und Welt – dem fällt auch der goldene Hahn auf der Weltesche Wipfel zum Opfer." – „Viel weißt du, Vielgewandt, weißt du auch dies: gibt's kein ander Gewaffen, den goldenen Hahn sich zu holen?" – Nun hatte der Wächter zu viel schon verraten – wer das Geheimnis des Endes kennt, der muß wohl das Wissen der Götter besitzen – sollt' es der rasche Jüngling erraten? – Noch war ihm mit Scherzen zu wehren, daß er nicht alles erfrüge, und so sprach der Alte: „Einen Treffzweig brach Loki am Tor des Todes, die Urmutter birgt ihn im Grunde des Weltmeers unter neun festen Schlössern – den hol' dir, den Hahn dir zu holen!" – „Kann ich ihn holen, was braucht's dazu, eine Wehr oder ein Wehrgeld?" – „Ein Kleinod braucht's für die goldgierige Alte, die nimmer genug hat in der Tiefe des Totenreichs – das hol' dir, den Treffzweig zu holen, der den Hahn dir hole, die Hunde zu kirren!" – „Das Kleinod weise mir, Vielgewandt, dann will ich dich nimmer fragen – ich weiß meinen Weg!" – „Ja, lieber Knabe, das Kleinod ist – eine goldene Feder aus dem Fittich des Hahns. Die hol' dir, den Treffzweig zu holen, der den Hahn dir hole, die Hunde zu kirren!" – Laut lachte der Alte, laut lachte auch Schwingtag – da wußten die Hunde, es nahe kein Feind, und sie kamen heran und schmeichelten Schwingtag, der streichelte Geri und streichelte Freki, die göttlichen Tiere – und sie bellten vor Lust, gleichwie wenn die Goldfreude vom Saale hervorschritt, ihnen Kost zu bringen und hold zu tun.

Da Goldfreude drinnen die Hunde hörte, lauschte sie staunend der frohen Laute und sandte eine Maid, die lugte ein wenig bei der Pforte hinaus. Da schaute Schwingtag durch die Spalte hinein und sah die herrliche Maid, und um ihren Hochsitz gekauert, die ihr dienen, acht holde Jungfrauen, mit Namen: Schutz und Schirm, Heil und Güte, Helle und Glanz, Volkwarte und Goldengabe. Aber Goldfreude, die neunte und erste, war aller Schönen Schönste und aller Wesen begehrenswerteste Frau. Da frug Schwingtag den Wächter nur noch eines: „Sag' mir, Vielgewandt, wird je ein Gatte an Goldfreudes wonniger Brust sich betten?“ – „Nie wird ein Gatte an Goldfreudes Brust sich betten, als Schwingtag allein, dem die Lichte zum Weibe geweiht ist.“ – „So reiße die Pforte weit auf und gib frei den Weg! Erschienen ist Schwingtag! Geh flugs, daß ich wisse, ob Goldfreude nach meiner Minne begehrt!“ –

Und wie Vielgewandt nun vor Goldfreude trat, mit hastiger Rede: „Ein Gast ist hier – dem schmeicheln die Hunde, dem weicht die Pforte – so sieh ihn nur selber: mir scheint, es sei Schwingtag!“ – aufjauchzte die Schöne, und über den Wächter hinweg, dem Jüngling entgegen, warf sie das freudestammelnde Wort: „Von wannen – auf welchem Wege – wie kamst du? Wie heißt man dich, wo du daheim? Nenne mir Namen und Sippe – ob du es bist, Gast, dem ich zum Weibe geweiht bin?“ – „Schwingtag, der Sonne leuchtender Sohn, der bin ich – ich kam auf kalten, stürmischen Wegen; doch keinen hemmt, den das Schicksal gesandt!“ – Also sprach Schwingtag, und Goldfreude rief: „Willkommen sei mir! Nimm Gruß und Kuß! Wie lange harrt' ich deiner hier auf dem flammenden Berge, Tag um Tag – nun hat sich's erfüllt – mein Wunsch ist ge-

währt — nun hab' ich dich hier, meinen Herrn, in dem Saale — nun lebe die Liebe im seligsten Glück!" Und Schwingtag stieg den Hochsitz hinan und setzte sich froh an der Holden Seite: „Nach Leben der Liebe im seligsten Glücke, wie sehnt' ich mich, Maid, — wie du dich gesehnt! Nun ist es entschieden — nun ist es gewonnen — nun werden wir ewig beisammen sein!" Nach Fjölsvinnsmál.

3. Der Raub des Sinnreger

Als die Göttergeschlechter der Asen und der Wanen ihren Frieden schlossen, mischten sie zum Brudereide ihr Blut. Daraus erwuchs ein Mann, der war der Weiseste aller. Er fuhr durch alle Lande, das Volk zu lehren, und ward von den Menschen in fremder

Zunge nach dem Mischtrunk „Kwasir“ geheißen. Die Zwerge Fialar und Gialar neideten ihm seine Künste, luden ihn tückisch in ihre Berge zu Gast und töteten ihn meuchlerisch im heimlichen Gespräch. Sein Blut aber ließen sie rinnen in einen Kessel, der war den Riesen entwandt, mischten es darin mit Honig zu einem süßen Met, den nannten sie „Sinnreger“ (Odhroerir); denn wer davon tränke, dem würde der Sinn erregt zu hoher Dichtung und weiser Rede. Den Göttern aber, die nach Kwasir forschten, logen sie vor: im eigenen Blute sei er ertrunken – sie meinten: an eigener Weisheit erstickt. Die Riesen indessen, von Gellings Sippe, dem einst die Zwerge den Kessel gestohlen, machten sich auf zur Rachefahrt, drangen in Fialars Felsen ein, erschlugen die Räuber und setzten ihren Stärksten, den Suftung, zum Hüter des Metes ein, den kein Ungöttlicher je zu gewinnen vermag. Suftung aber war ein großer Held im Trinken, und der Metkessel war ihm ein wertestes Stück gewesen in Riesenheim; nun jedoch hatte er einen Eid schwören müssen, den Weisheitstrunk nicht zu berühren (denn nimmer durfte der Stärkste auch der Weiseste sein!), darum hielt er sich fern bei den anderen gefüllten Gefäßen in der Zwerge Braukeller und übergab die Wacht des Sinnregers in einem verborgensten Felsengemach seiner schönen Tochter, der Gunlöd. Der Name der Maid besagt dem Wissenden, daß sie jeden, den ihre Schönheit lockt, zu schwerem Kampfe lade. Und dies war's, was der göttliche Odin erfuhr, da er lüstern nach Kwasirs berauschendem Wunderblute den Weg zu Fialars Felsen suchte. Da hatte er mancherlei Abenteuer, davon die Sagen melden und die Dichter singen. Denn durch ihn kam Kwasirs Met auch unter die Menschen, und etliche, die sein genossen, wurden Dichter und scheuten sich nicht, der Götter Abenteuer unter das Volk zu bringen! –

Eines Tages – denn weit war die Fahrt, die Odin gewagt – traf er auf einer Wiese neun Knechte, die mähten dort Heu, aber ihre Sicheln waren stumpf geworden. Da bot ihnen der fremde Wanderer einen Wetzstein, der schuf die Schneiden alsbald so scharf, daß die ganze Mahd im Nu vollbracht war. Das meldeten die Knechte ihrem Herrn, dem Riesen Baugi, des Suftung Bruder, aber ihm feindgesinnt, wie es unter Riesenbrüdern wohl vorkommt. Der kam und sah, was gemäht war, und ward gierig auf solchen nützlichen Diener, wie der Fremdling ihm däuchte. Den konnte er wohl gebrauchen; denn da jener zuletzt den Wetzstein lachend in die Luft geworfen, hatten die Knechte alle danach gegriffen und im Streite mit den scharfen Sicheln die Hälse sich abgeschnitten, alle neun mitsammen. Nun ließ sich der Fremdling leicht dingen zur Neunmännerarbeit in Baugis Diensten, und nannte sich „Bölwerk“, das bedeutet einen, der Böses wirkt – aber der Riese verstand die Sprache des klugen Asen nicht. Als Lohn bedang sich der nützliche Diener nichts weiter als von Suftungs Met einen guten Schluck. Den hatte Baugi nicht in seiner Gewalt, doch macht' es ihm Lust, seinem Bruder einen Streich zu spielen; darum sagte er dem Bölwerk gutwillig den Lohntrunk zu, wenn er ein Jahr lang ihm redlichen Dienst getan. Das tat Bölwerk, ob er auch kein Redlicher war, und an des Jahres Ende, da er die Neunmännerarbeit niederlegte, begehrte er vom Riesen den ausbedungenen Lohn. So führte ihn denn Baugi auf heimlichen Wegen zu Fialars Felsen; da ging dieser hinein zu seinem Bruder, erzählte ihm von Bölwerks Arbeit und erbat sich für ihn einen Schluck des Metes. Er wußte aber wohl vorher, daß ihm Suftung die Bitte abschlagen würde; was auch geschah. Und nun meinte Baugi, für einen Riesen gar witzig, er habe ein gutes Recht, für seinen Knecht mit List zu erringen, was ihm mit Bitten nicht gelungen war. Er hatte aber in dem Felsen drinnen des Metes einen süßen Ruch verspürt, und der wirkte auf seinen Sinn erregend, daß er, während er mit Bölwerk die List beriet, im stillen schon mehr und mehr an dem Gedanken sich berauschte, den Knecht zuletzt noch um den unvergönnten Lohn zu betrügen, um etwa selbst an den Met zu kommen. Wie Bölwerk in den Felsen gelangen sollte, war nicht so leicht, wie für den Riesen von Suftungs Sippe. Da zog der vielgewandte Knecht einen Bohrer hervor, den hieß er den Nagezahn, und meinte listig, damit sollte Baugi den Berg durchbohren, ihm den Weg zu öffnen zu Kwasirs Trank. Das tat Baugi, und bohrte mit Riesenkraft, eine Stunde lang; dann sagte er zu Bölwerk, der Berg sei durchbohrt. Bölwerk blies in das Loch, und siehe da, die Späne flogen heraus, ihm entgegen, zum Zeichen, daß Baugi gelogen. So mußte der Riese noch weiter bohren, zwei Stunden lang – da blies Bölwerk wieder in das Loch, und siehe da, die Späne

flogen nach innen hinein, zum Zeichen, daß der Berg durchbohrt war. Derweilen frug sich Baugi, wie wohl Bölwerk durch das Loch in den Berg kommen wolle – da hatte sich der schon in eine glatte Schlange verwandelt, die fuhr wie ein Blitz in die Öffnung und war verschwunden, ehe sich Baugi bedacht – zu spät stach er mit dem scharfen Bohrer hinterdrein — der sprang zurück und gerade in des Riesen lugendes Auge bis in das Gehirn, daß er rücküber stürzte und elend starb. —

Was aber Bölwerk-Odin drinnen im Berge erfuhr, das hat er später den himmlischen Göttern erzählt, die lange bange in Walhall seiner Heimkehr geharrt. Die Asen schauten, die Wanen forschten, aber keiner wußte, wo der weisheitgierige Gott geblieben, keiner sah eine Spur seiner Wiederkunft. Eines Nachts aber, da rauschte es in den Lüften von ferne heran, wie Wettersturm, und als die Götter erweckt und erschreckt nach dem Lärm ausblickten, war ihnen, als jage ein Adler mächtig brausenden Flugs daher und auf Walhalls Zinnen gerade zu. Wie sie noch der Erscheinung staunten, stand Odin plötzlich mitten unter ihnen, lachte von Herzen, erhobenen Sinnes, stolz seines Sieges, begann zu singen und sang den Gästen die Wundermär von des Sinnregers Raub.

„Vom Berge des Riesen bin ich zurück, da hab' ich mir listig das Singen erlernt! Wüßt' ich es eher, wohl eiliger kehrt' ich; dann gab es der Reden nicht gar so viel, um Suftungs Saft von der Wacht zu gewinnen, die zaubermächtig den Met betreut! — Nage-

zahn ließ ich am Felsen nagen, über mir — unter mir Grotten und Gründe, da lauerten Feinde, da wachten Gefahren, da wagt' ich Leib und Leben daran! Mir half der Gestalt behende Verstellung — wer klug genug, der nimmt sich sein Glück: denn so ist der Sinnreger sichtbar worden aus Höhlen der Zwerge und Riesenhut. Und doch wär' ich nimmer von dannen gekommen, nie hätt' ich die Erde, die Asen gegrüßt, nützt' ich nicht in der Anmut Armen Gunlöds Güte, der Liebe Lust! Von Minne bewältigt, dem mächtigen Werber auf goldenem Lager, sie gab ihm die Labe — gab Liebe und Leben, gab Met und Minne — nicht gut vergalt ich so gütigen Sinn! Der Reiher Vergessen durchrauschte den Saal — der stiehlt dem begehrlichen Gast den Verstand — des Vogels Fittich umfing auch mich in Gunlöds der Minnigen Grottengemach. Da trank ich fleißig, da trank ich mich voll — ihr Götter, ihr hättet mir gern geholfen! — ich trank von dem Mete, ich trank von der Minne, und fragt ihr mich: ‚Räuber, was hast du geraubt?' Ich sag' euch das eine, des achtet mit Sinnen: Ich bringe den Rausch von der Riesenbraut: den Rausch des Weines, den Rausch des Weibes und über allem des Sanges Rausch!" —

So lauteten dort vor den Ohren der Asen die Worte des trunkbegeisterten Gottes — und nimmer, seit Odin bei Gunlöd geruht, verklangen in aller beseelten Welt die ewigen Töne des Dichterrausches. —

Nach Hávamál und Snorris jüngerer Edda.

4. Des Hammers Heimkunft

Thor, der starke Gott der Wetter, fuhr empor aus zähem Winterschlaf, griff zur Seite, suchte seinen Hammer, fand ihn nicht: er war ihm geraubt! Grimmiger Zorn schwoll ihm im heißen Gemüte, wild drohend schüttelte er den wallenden Schopf, den flammenden Bart; das Wort erstarb ihm in wütendem Schrecken – so stund er und starrte – – bis Loki, der Listige, Unheil witternd, behutsam dem stummen Zürner sich nahte: mit Blitzblick erkannt' er, was Schlimmes geschehen, und froh eines tückischen Abenteuers, frug er, wie ahnungslos heiter, nach des Gewaltigen Kümmernis. Da löste sich jach des Schweigenden Zunge: „Hör', Loki, was Himmel und Erde nicht weiß, was ich dir Schlauem allein vertraue: bestohlen um seinen Hammer ist der starke Gott!“ – „Wer mag der Dieb sein?“ heuchelte Loki. „Am

Ende ein plumper Riese gar? Die möchten wohl gern für ihr eisiges Land die fruchtende Kraft deiner blitzenden Waffe besitzen – meinen darum, dumm wie sie sind, sie könnten, wie du, mein Thor, allein es vermagst, Eisland in Fruchtland schlechtweg verwandeln, wenn nur der Hammer in ihrer Hand!" – „Das können sie nimmer!" fuhr Thor stolz auf. – „Sie können es nimmer," bestätigte Loki, „jedoch – bedenk'! – haben sie den Hammer, und du hast ihn nicht, so wird dein Fruchtland, die grünende Erde, deiner geliebten Mutter gelobtes Erbe, wetterlos, regenarm, sommerberaubt, unfehlbar selber zum öden Eisland!" – „Auf, Loki! Hilf mir, rate mir gut! Nach Riesenheim müssen wir, holen den Hammer! Sag' mir, wie kommen wir eilig dahin?" – „Eines nur hilft uns eilig dahin," sprach Loki bedächtig, „doch trägt es nicht dich, den schweren Gebieter, es trägt nur mich, den leichten Gesell'n. Der himmlischen Freia gefiedertes Wolkenkleid." Flugs gingen die beiden zum Hause der schönen Freia, und Thor, der starke Bruder, sänftigte seine heftige Rede zu schmeichelndem Wort: „O leih mir, du gütige Schwester, auf eilige Fahrt nur einmal dein gefiedertes Wolkenkleid, daß ich mir wieder hole, was mir verlorenging — denk' es dir, Freia! — meinen göttlichen Hammer!" Die Schreckenskunde ließ die hohe Göttin im Innersten erbeben, und ihren Lippen entströmten die raschen Worte: „Bruder, mein Lieber, das leih' ich dir willig, und wenn es aus lautrem Golde wär'! Donner, du Starker, dir stünd' es zu Diensten, und wär' es aus leuchtendem Silber gewirkt!" — So kam denn das himmlische Wolkenkleid in die Hand des gewandten Loki; der hüllte sich flugs in die Federn, die rauschend zu mächtigem Fittich sich blähten, und brauste dahin, wie vom Sturme getragen, vor die Götterburgen, und weiter und weiter, bis zu der Riesen eisigem Reiche. —

Dort saß auf schneeweißem Hügel ein Riesengebieter, der nannte sich „Thrym" — so äffte er plump des Donnerers Namen — und blieb doch nur ein armsel'ger „Trommler"! Armselig, wie alle Reifriesen, aber nicht arm: mit goldenen Bändern schmückte er just seine bissigen Rüden und strählte die Mähnen seiner weißen Rosse mit goldenem Kamme. Denn in Riesenheims winterlichem Schoße birgt dieses rauhe Geschlecht die goldenen Güter geraubten Lebens. Tot liegen sie dort und unfruchtbar ohne des Hammers weckende Kraft und ohne der Lichtgötter segnende Macht. Als Loki nun nahte, erkannte ihn der Riese wohl und grüßte ihn hohnvoll: „Wie geht's den Asen? Wie geht's den Alben? Was kommst du so eilig und einzeln nach Riesenheim?" — Und Loki grinste: „Schlecht geht's den Asen und schlecht den Alben! Sag', mächtiger Riesenfürst — birgst du irgendwo etwa des Blitzewerfers berühmte Waffe?" — „Wohl berg' ich — irgendwo — des Blitzewerfers berühmte Waffe, mein neugieriger Freund! Acht Rasten barg ich sie unter der Erde. Da wird sie sich niemand je wieder holen, und wär's der gewaltigste eurer Götter — er brächte mir denn die himmlische Freia daher als meine schöne Braut!" — „Nie käme sie willig," versetzte Loki, „das weißt du wohl, und keiner der Götter ließe der Himmelsburg sie entweichen, das magst du mir glauben. Einer nur kann sie dir bringen, den siehst du vor dir. Und weil ich dein Freund bin, wie du gesagt, und meine Flammen dir gern deinen grimmen Winter durchwärmen, wohlwollend, wie du mich kennst, will ich den Wunsch dir gewähren: Freia bring' ich dir her als Braut, doch wie du sie freien magst, das, kühner Riese, ist deine Sache!" Lachend flog

darauf Loki davon, das Federkleid rauschte durch kalte Lüfte, vor den Augen des Riesen, weiter und weiter, bis an der Götter hohe Burg.

Da stand schon Thor im Hofe harrend, und ehe noch Loki ihn grüßen konnte, rief er dem Eilenden stürmisch entgegen: „Ging's dir so gut mit der Rede wie mit der Reise, so melde mir gleich, eh' du landest, die ganze Mär!" „Ganz recht," sprach Loki mit tückischem Zögern. „Im Sitzen vergißt man oft manches zu sagen, und leicht sind Lügen im Liegen erdacht!" Jach zuckte in grimmiger Ungeduld, als hielte sie den Hammer, des Donnerers Faust; doch schleunig lenkte Loki ein und eilte zu sagen: „So gut wie mit der Reise ging's mit der Rede. Der Riese Thrym hat den Hammer geraubt, und keiner, so schwur er, holt' ihn sich wieder, er brächt' ihm denn Freia als Braut ins Haus!" – „Geh du zur Freia, du Überkluger, und wag' ihr zu melden, was du da Schönes vom Riesen erlangt – ich werd' mich hüten!" So sprach der zürnende Gott und wandte sich leidvoll. Loki jedoch tat, als wär's nichts weiter, und trat zu Freia mit munterer Rede: „Auf, schöne Göttin, dir blüht das Glück! Ins Brautgewand sollst du dich zierlich hüllen – wir reisen mitsammen nach Riesenheim!" Oh, wie flammte da Freia in fauchender Wut, tobte und schalt, daß die weite Burg der Asen erbebte, ja, daß ihr über der wogenden Brust das goldene Kunstwerk der Zwerge, das herrliche

Geschmeide, in Stücke sprang: „Wahnwitzig wähnst du mich, böser Schelm, und toll auf die Männer – eine andere Freia suche dir flugs zu deiner Brautfahrt nach Riesenheim!“ –

Nun gingen alle Götter eilends zu Rate, und alle Göttinnen fanden sich dazu, und sie rieten hin, sie rieten her: wie verhilft man dem Blitzewerfer wieder zu seiner Waffe? Und Heimdall, der hellblickende Ase, der die Wacht hält auf der Weltesche Wipfel, und weise, wie die Wanen, vorausschaut, was werden soll, der hub an, da die anderen wortlos verstummten: „So hüllen wir Thor in bräutliches Linnen, schmücken seine Brust mit Freias Goldgeschmeid, lassen ihm am Gürtel häusliche Schlüssel klirren, weiblich Gewand umwalle seinen Leib, und mit glänzenden Steinen geziert kröne ein fesselnder Reif sein lockiges Haupt.“ Da grollte der Donnerer, der starke Gott: „Weibisch werdet ihr alle mich schelten, wenn ich in bräutliches Linnen mich hülle.“ Drauf sagte Loki: „Sei du doch still! Willst du, daß Riesen hausen, hier in der Himmelsburg? Wer will's ihnen wehren, holst du dir nicht deinen Hammer heim?“ – Und so hüllten sie Thor ins bräutliche Linnen, schmückten seine Brust mit

Freias Geschmeide, hängten an den Gürtel ihm klirrende Schlüssel, weiblich Gewand umwallte seinen Leib und mit glänzenden Steinen geziert krönte sein Lockenhaupt ein fesselnder Reif. Wie das vollbracht war, lobte es Loki weidlich und sprach: „So ist's recht! So schaust du stattlich und lieblich aus. So will ich dich gern als Magd begleiten, in weibliche Kleider wie du gehüllt. Munter, mein Thor! Wir reisen mitsammen nach Riesenheim!" –

Hastig wurden Thors stürmische Böcke vor seinen feurigen Wagen gespannt, und donnernd rollte das Gefährt durch die Wolken, Funken stoben von den rasselnden Rädern, erschüttert stürzten Felsen zur Tiefe, so raste die Brautfahrt zur Heimstatt des Thrym. Der erblickte sie von weitem, nicht achtet er der Tiere aus Thors Gehöft, die Braut nur sieht er im Wagen leuchten, und mit rauhem Jubelruf heischt er sein Volk: „Rasch, ihr Riesen, ordnet die Sitze! Schon führt man zur Hochzeit mir Freia daher! Reich bin ich an Rindern, reich bin ich an Schätzen, nur Freia, die Holde, sie fehlte mir noch!“ Am frühen Abend im Winterreiche fanden die Gäste sich alle zusammen, und ringsum ward Met in Fülle geschenkt. Einen ganzen Ochsen und acht fette Lachse verzehrte die zarte, verschleierte Braut, zu geschweigen des Süßen, was wohl erwogen für Weibergaumen reichlich die leckere Tafel darbot — und goß dazu — Wunder nicht auf solche Speise! — drei riesige Eimer Metes durch den Schlund! Riesinnen sah Thrym nie so schlucken, doch die witzige Magd hinter Freias Sitze versicherte, tiefen Ernst im Blick: „Wenn Göttinnen sich acht Nächte lang nach Riesenminne das

Herz zersehnen, dann werden sie hungrig, magst du dir denken, und wie sie dann futtern, das siehst du heut!" – Der Riese verspürte bald ander' Verlangen – sonst kannt' er nichts Schön'res als Mahl und Trunk – nun aber, zur Seite des göttlichen Weibes, vermeint' er ein Anrecht auf Süß'res zu haben und lüpfte leise das Linnen des Schleiers, lüstern nach einem bräutlichen Kuß – hei, flog er da fast zum Saale hinaus: „Welch fürchterlich Feuer in Freias Auge? Flammende Blitze blicken mich an!" – „Das wundert dich, Herr", sprach die witzige Magd mit tiefstem Ernste, „acht Nächte lang konnte ja Freia nicht schlafen, so arg war die Sehnsucht nach Riesenheim." Nun kam des Riesen Schwester herein, die erbat nach der Sitte, als litte sie Not, von der reichen Braut sich ein Festgeschenk. Die Schöne blieb stumm auf die freundliche Rede, da sprach die witzige Magd mit Ernst: „Goldene Ringe an Freias Finger, herzliche Liebe von der Schwäherin Herzen – alles solltest du gern erhalten, wäre nur erst der Weihspruch getan! Es schickt sich, mein' ich – nach göttlichen Sitten – daß keiner der Braut mit Wünschen nahe, bevor nicht der Hammer die Gattin geweiht." Da sagte Thrym mit

Eifer: „So sei es! Gleich bringt mir den Hammer des Thor herbei! Nicht besseren Segen gibt's in der Welt; legt ihr ihn meiner Braut in den Schoß: das gibt ein geweihtes Bündnis fürs Leben!"

Wie lachte dem Starken das Herz im Leibe, als er den blitzenden Hammer sah — kaum, daß er ihm auf den Knien lag — griff er ihn — hob er ihn — schwang er ihn, schmetterte ihn erst auf den Thrym, dann auf alle Riesen — sie stürzten, sie sanken, sie lagen am Boden — zerschlagen, vernichtet, das ganze Geschlecht! Er schlug auch die graue Schwester des Riesen, die sich das Festgeschenk eben erbat. Nun hatte sie's weg: statt goldener Reifen blut'ge Streifen, statt Liebe — Hiebe — so spenden Götter — wenn Thor die Braut!

Was braucht' es noch der langen Erzählung! Der Brautfahrt Heimkehr — der Götter Begrüßung — des Donnerers Freude — ein Wort sagt alles: So kam Thor wieder zu seinem Hammer! —

Nach Hamarsheimt.

5. Ein Götterzank

Nicht zum einzigen Male war Thor in Riesenheim, damals, als es galt, seinen Hammer zu holen. Alljährlich tat er die Lenzfahrt zum Winterlande und ließ seine blitzende Waffe die trotzigen Eisherren schmecken. Um solcher Taten willen liebte und ehrte alles Volk, das das Land baut und Früchte zieht, den segenschaffenden Wetterherrn. Odin aber, den Alten, mocht' es bisweilen verdrießen, ob er gleich in den Kämpfen der Helden immer der gewaltige Walvater blieb. –

Nun kam Thor auch wieder einmal von einer Ostfahrt zurück an einen Sund; da sah er am anderen Ufer den Fährmann stehen, der rührte sich nicht, und er rief ihn mit herrischer Ungeduld also an: „Was für ein Kerl ist der Kerl, der da drüben faulenzt?"

Mit der Antwort war der Fährmann gar nicht faul, er schrie übers Wasser zurück: „Was für ein Kerl ist der Kerl, der so über den Sund brüllt?"

„He da!" erwiderte Thor, „wenn du heut mich überfährst, geb' ich dir morgen gutes Futter! Schau' hier den Sack auf meinem Buckel, der ist ganz voll feiner Kost; gemächlich hab' ich davon geschmaust, ehe ich auszog. Hering und Habermus! Hab' nun genug!"

„Eine rühmliche Morgentat, muß man gestehn!" so höhnte der Fährmann. „Und wie siehst du denn aus? Grad nicht, wie einer, der viele Güter besitzt; barfuß stehst du da, in Bettlerlumpen. Wahrhaftig, ich glaube gar, du hast keine Hosen!"

„Faule Reden!" rief Thor, „komm heran mit deinem Eichenkiel, wo ich dir den Landungsplatz weisen werde! Wem gehört denn das Schiff – dir doch gewiß nicht! – das du hier übers Wasser fährst?"

„Hildolf heißt der Gebieter, ein Wolf unter Helden, der herrscht auf dem Eiland, wo die Fürsten raten – davon weißt du gewiß nichts. Landstreicher und Pferdediebe erlaubt der mir nicht zu fahren, nur ehrlich Volk und die ich schon lange kenne. Willst du hinüber, so tue das wenigste: nenne mir deinen Namen!"

„Meinen Namen? Den kennt man im fremden Lande, meine Sippe nicht minder: Odins Sohn bin ich, der Stärkste der Asen – mit Thor dem Donnerer kannst du hier reden, wenn du mir sagst, wie du dich nennst."

„Harbard – so nenn' ich mich – will dir den Namen nicht hehlen."

„Ei, was hättest du den Namen zu hehlen, wenn du nicht ein Verbrecher wärst?"

„Hei, ein Verbrecher, wenn ich der wär', vor einem wie du braucht' ich mich nicht zu scheuen!"

So riefen gegeneinander Thor und Odin, der sich Harbard hieß, und ein Zank hub an, wie Menschen ihn Göttern nicht zutrauen mögen, aber die beiden, Vater und

Sohn, verstanden fürwahr sich nicht übel darauf! –

Sprach da Thor: „Könnt' ich nur trokkenen Fußes hinüber, dir Lotterbuben wollt' ich das Schandmaul schließen!“

Darauf der Harbard: „Komm nur, komm! Hier steh' ich und warte. Unter all deinen Riesen trafst du nicht härteren Feind.“

„All meine Riesen hab' ich erschlagen! Schau nachts nach den Sternen, da siehst du die Augen des Thiassi, die warf ich dahin, ein Zeichen meines Werkes, sichtbar für die Welt. Was hast du, Harbard, derweilen geschafft?“

„Im Walland war ich, die Wal betrieb ich, Helden reizt' ich zu rastlosem Streit. Die Edlen der Walstatt gehören Odin, Knechte bleiben über für Thor.“

„Ein unrechter Schiedsmann wärst du, Harbard, hättest du Macht über so große Dinge und gälte bei den Asen dein eitler Wunsch.“

„Stark redet Thor, doch schwach ist sein Mut. In den Handschuh des Skrymer floh er, der Riesentöter, den der Schlaue für eine Höhle hielt – das war ein Schrecken! – da wagt' er keinen Schnaufer aus Angst, es möchte der Schläfer ihn hören!“

„Harbard, du Lump, zur Hel hinab möcht' ich dich wettern, könnt' ich dir nur an deinen Hals! Was schiert mich Skrymer; im Ostland war ich, wachte am Eisstrom, Steine wie Felsen hagelten auf mich herab, die schmissen Skrymers Genossen in ihrer schweren Angst — das half ihnen wenig: bald baten sie winselnd um Frieden. Das war ein Werk, Harbard, was hast du derweilen geschafft?"

„Auch ich war im Osten, auch ich kenne Riesen und — Riesentöchter. Mit einer kost' ich und scherzte und spielte — ich sag' dir: dem Goldkind gefiel mein Spiel!"

„Weibervolk! Weiberspiel! Ja, das gefällt dir! Das glaub' ich dir gern!"

„Was, Thor, was meinst du? Braucht' ich wohl deiner Hilfe, als ich die schneeweiße Huldin küßte?"

„Dir hätt' ich etwa geholfen, wenn ich Vergnügen dran hätte!"

„Dir hätt' ich etwa vertraut, wenn du nicht treulos wärst!"

Das war dem wackeren Thor zu viel, er schwang seinen Hammer und drohte: „Lauter wirst du heulen, als wie ein Wolf im Wald, wenn dir mein Hammer die freche Stirne küßt!"

„Halt!“ rief jener, „noch weißt du nicht alles. Bei deiner Gattin, bei Sif, weilt ein Buhle. Willst du die Kraft deines Hammers proben, dort, mein' ich, fändest du ein besseres Ziel!“

Thor stand starr, dann brach's hervor: ein Wort – zwei Worte –: „Du Lump! Du lügst!“

„Nein doch, Thor, ich sprach die Wahrheit. Was säumst du solange? Weit konntest du schon des Weges kommen, unerkannt in der Kleidung, wie du sie da trägst.“

„Harbard, du Schelm, du hast mich so lange verweilt!“

„So – tat ich das? Dacht' ich doch nicht, dem Donnerer könnte ein Fährmann die Fahrt verwehren.“

„Du – laß dir raten: rudere den Kahn herüber, mach' ein Ende dem Zank, hole den Mann der Sif!“

„Geh weg vom Wasser: nun will ich die Fahrt dir verwehren.“

„Fährst du mich nicht hier über den Sund, so weise mir nur einen anderen Weg!“

„Weisen ist leicht, doch weit ist der Weg! Linkshin halte dich immer, bis dir im Lande der Menschen die Mutter begegnet, die weist dem Söhnchen den Weg zu den Seinen, in Odins Reich!“

„Komm' ich noch heute dahin?“

„Solange du noch die Sonne siehst. Da siehst du mich wieder.“

„Genug des Geschwätzes! Du kannst nur spotten. Seh' ich dich wieder – ‚Harbard‘ – dann rechnen wir ab!“

„Fahr du zu allen bösen Geistern!“

Also endete der Götter Zank. –

Nach Harbardhsliodh.

6. Grimner bei Geirröd

Odin und Frigg waren in Streit um König Hraudungs Söhne. Odin schenkte seine Gunst dem Älteren, Geirröd; der Jüngere, Agnar, war der Liebling der Frigg. Eines Tages fuhren die Königssöhne in die See hinaus; da erregte Odin einen starken Sturm, woraus Geirröd allein lebendig heimkam. Agnar, sagte er, sei ertrunken — und da war seine Hand im Spiele. Nun höhnte Odin und sprach zu Frigg: „Dein Liebling Agnar schwamm nach Riesenheim und läßt sich's wohl sein mit Riesenweibern." Frigg sann auf Rache, und als König Hraudung vor Kummer gestorben, sprach sie zu Odin: „Dein Günstling Geirröd schaltet in der Rauhfürsten Reich mit eklem Geiz und grimmer Härte als ein übler Volksherr." Odin gedachte unerkannt zu Geirröd zu fahren und zu schauen, ob Frigg die Wahrheit gesprochen; die aber sandte ihre Schmuckmagd zu Geirröd mit eiliger Warnung: „Hüte dich, Herr, ein böser Zauberer kommt dich besuchen, der bringt dir Gefahr und Verderben in Land und Haus; ihn zu erkennen, beachte dies Zeichen: er trägt ein blaues Gewand und kein Hund bellt ihn an, wenn er fremd sich naht." Nicht lange, und Geirröd ward Botschaft gebracht: „Ein fremder Mann ist ins Land gekommen, er nennt sich ‚Grimner' (d. h. der Verhüllte) und trägt ein blaues Gewand; seltsam aber ist es zu sehen: kein Hund bellt ihn an, wenn er fremd sich naht." Sogleich hieß Geirröd den Fremden fangen und fesseln; der aber schwieg auf alle Fragen. Dann ließ der König zwei Feuer schüren in zwei großen Kesseln auf seinem Hofe und setzte den Stummen mitten dazwischen. Dort saß der acht Nächte und schwieg. Einen jungen Sohn von zehn Wintern hatte der König, der hieß wie sein Bruder Agnar. Ihn dauerte der fremde Mann dort zwischen den Feuern, er gab ihm ein Horn voll zu trinken und meinte, übel täte der Vater, den Alten zu quälen. Grimner trank es aus; da brannte die Glut schon bald sein blaues Gewand. Nun brach er sein Schweigen und sprach zu Agnar: „Sieh, Knabe, wie mich die Flamme brennt! Schon glüht mir das Kleid und zieh' ich es hoch, so faßt sie darüber den Mantel. Da keiner mir half, hast du allein mit dem Trunk mich gelabt. Heil dir, Agnar, dich grüßen die Götter: Geirröds Sohn wird König im Ostreich. Nun höre, was ich dich lehren will. Nie besser ward jemals ein Trunk vergolten!" –

Und der Verhüllte enthüllte der Urzeit Geheimnis: „Aus Ymirs Fleisch ist die Erde geschaffen, aus seinem Schweiß die schäumende See, aus den Gebeinen die Berge, die Bäume vom Haare, vom Hirnschädel das Himmelsgewölbe. Die Brauen pflanzten gütige Götter schützend den Menschenkindern um Mittgard. Frühwach und Vielgeschwind heißen die Rosse, die führen auf wolkigen Wegen die Sonne; alle Berge würden verbrennen, alle Seen würden versiegen, hätte nicht göttliche Sorge der Glühenden ‚Kühling' den Schild vor die Stirne gestellt. Große Gefahr droht immer der Eilenden, ein Wolf verfolgt sie, Heuler geheißen, den ganzen Tag, bis sie im abendlichen Hain sich birgt. – Wer rückt mir den feurigen Kessel vom Leibe? Ihm sollen es alle Götter lohnen, wenn sie auf Erden mich wiedersehen!" Das vermochte nicht Agnar, und Geirröd verbot es. Da fuhr Grimner zu lehren fort:

„Es ist eine Esche, heißt Yggdrasil, sie leidet mehr Mühen, als Menschen meinen. Vier Hirsche weiden am Wipfel des Baumes, davon faulen die Seiten des Stammes, und unten nagt es mit neidischem Zahn. Das Eichhorn ‚Ratemund' läuft auf und ab am Stamm der Esche, des Adlers Worte, die droben es hört, die sagt es drunten dem Drachen wieder. Mehr Würmer liegen unter der Esche, als törichte Leute sich träumen lassen, die – mein' ich – mögen zu aller Zeit wohl weidlich die Wurzeln des Baumes beißen. Drei sind der Wurzeln, die wenden sich dreifach, nach Helheim die eine, die andere nach Riesenheim, aber die dritte zur Erde hinab. Vor Heervaters Halle steht Heidrun, die Ziege, die nährt sich von Zweigen der laubigen Krone, doch tut sie ein Gutes, gießt

in die Krüge des klaren Metes unversieg-
liche Milch." Und wieder sprach Grimner

— die Flamme leckte —: „Wer rückt mir den feurigen Kessel vom Leibe?“ Das konnte nicht Agnar, und Geirröd verbot es. Da fuhr Grimner zu lehren fort:

„Ich seh' in der Höhe ein heilig Land: in Kraftheim wohnt Thor, bis die Hochburg zerkracht, fünfhundert Säle und viermal zehn, die höchsten aller, behausen den Herrn. Albheim bekam zur Kindergabe silbergedeckt der sonnige Froh. Die goldene Walhall doch wartet der Helden, die Heervater sammelt in seinem Saal. Wer dahin kommt, erkennt ihn leicht. Die Sparren sind Speere, das Dach decken Schilde, Brünnen die Bänke, ein Wolf wacht am Westtor und über ihm breitet ein Adler den Fang. — Fünfhundert Tore und viermal zehn, so viele zählt' ich in Walhalls Feste, aus jedem kommen achthundert Kämpen, den Wolf zu schlagen, der Einherier Schar. Wovon in den Hallen die Hehren sich nähren, frag' Geri und Freki — Gierig und Frech; der Herr gibt den Hunden vom Braten das Beste, doch lebt der Gewalt'ge vom Weine allein. Hugin und Munin, Gedank und Gedenk, die Raben, fliegen herüber, hinüber, tagtäglich mit Botschaft — mich bangt's um die beiden: einmal kehrt ihrer keiner zurück!“

— Und zum dritten rief Grimner: „Die Kessel rück' weiter!" Nicht Agnar vermocht' es und Geirröd verbot es. Da fuhr Grimner zu lehren fort:

„Odins Namen wissen wenige, sind ihrer viele, dir sag' ich sie gern: Heervater kennst du, Walvater auch wohl, Siegvater sollst du noch kennen lernen, Wanderer und Wunsch, die mögst du dir merken, Füller und Hüller, Brander und Brüller, Breithut und Graubart, Glutaug und Glanzblick, Wohltäter — Meintäter, also bei Menschen, Hoch, Ebenhoch, Dritter, so bei den Asen, Schläfrer mit dem Schlafdorn am Hindarfjelde, Vielgewandt bei Schwingtags Freite, Bölwerk bei Gunlöd, und — Geirröd, wo bist du? — Grimner bei Geirröd ist Odin genannt!"

Auf springt Geirröd — will die Kessel fassen, beiseite ziehen — Odin befreien —: da gleitet sein Schwert ihm vom Schoße zu Boden, den Griff nach unten, die Spitze nach oben, er stößt daran, strauchelt, stürzt vornüber, fällt in das Schwert und findet den Tod.

„Jetzt heiß' ich dir Odin, ich war dir ein Schrecken; das Schwert, dem ich Gunst gab, befleckt dein Blut. Alle Namen, die ich euch nannte, zu Odin dem Einen werden sie nun.

Leb' wohl, Agnar, du hast meinen Heilgruß. Den Asen zeig' ich mein Angesicht wieder, befreit von Fesseln, mit Frigg versöhnt, so lad' ich die Männer zur Feier des Friedens in Ögers Saal, zu Ögers Mahl!" –

Damit schwand Odin. Die Feuer verloschen, der Winter ward Lenz, und Agnar war König an Geirröds Statt auf lange, glückliche Zeit. –

Nach Grimnismâl.

7. Der Kesselraub zum Ögersmahl

Die Götter wollten beim Meer-riesen Öger das Sommermahl feiern. Er hatte sie geladen, als er ihr Gast war; denn in alter Zeit hatten sie Freundschaft geschlossen: waren sie doch Nachbarn, da, wo der Lichthimmel der Asen die ferne Fläche des offenen Meeres begrenzt. Zwar immer war dies ein bedenklich Ding, und ohne Gefahren ging es dabei nicht ab: Trug war in der Freundschaft, Wahn in der Nachbarschaft. Darum suchten die Götter, lüstern nach Öger's reichem Mahl, zuvor durch Opfer den Tag sich zu sichern, trieben dazu die Tiere zusammen, warfen Runenstäbe, beschauten das Blut — es wollte nicht stimmen, es fehlte etwas. Auch Öger, sonst immer vergnügt, sah offenbar düster darein. Endlich gestand er's: der Braukessel war ihm abhanden gekommen! Was aber ist des Meerkönigs Hof und Gastung ohne den Kessel, darin der schäumige Festtrunk gebraut wird? Thor ward ärgerlich und fuhr den Betrübten heftig an: „Du sorglicher Wirt, du kannst uns gefallen! Zu dir kommen wir Götter noch oft zum Besuch!" Das ärgerte wieder den alten Riesen, am wenigsten war er dem Thor befreundet, der mit Riesen so übel fuhr, und racheluſtig erwidert' er dem Zänker: „Ei, Thor, du gewalt'ger Riesenbezwinger, such' ihn dir doch selber, den Kessel — ich denke: in Riesenheim wäre dergleichen zu finden." Die Götter wußten sich nicht zu raten; da sprach der mutige Tyr zu Thor: „Riesenheim kennst du, mit Riesen verstehst du dich, Öger hat recht. Am Meere im Osten, da haust der grimme Eisherr Hymer – wir heißen ihn Gumer, der Vater der Gerda, der uns noch gram um der Tochter Verlust; soviel ich hörte, hat der einen Kessel ohnegleichen, klaftertief, zu mächtigem Trunke recht wie geschaffen. Das wär' ein herrlich Abenteuer, dem alten Feinde den Kessel zu rauben!" „Ja," sagte Thor, „doch wie sollt' es gelingen?" „Mit List", rief Tyr – und Loki, der überall Lauschende, lachte sich eins: „List ist gut – man muß sie verstehen! Fahrt hin, ihr Kühnen, versucht euer Heil!" Das reizte den wackeren Donnerer noch mehr: „Komm mit mir, Tyr," rief er, „was zaudern wir noch? Wir fahren mitsammen zu Hymers Hof!" –.

Die Fahrt ging eilig am Strande entlang, von Öger zu Hymer; die Gäste dort sollten nicht lange warten. Man war am Ziel. Rasch sind die Böcke zum Stall gebracht, die Thors feurigen Wagen ziehen. Die Götter treten in Hymers Halle. Da hockt am Herd eine greuliche Alte, des Bösen Großmutter, ein Ungeheuer mit neunhundert Köpfen, abscheulichen Köpfen! Die mieden sie weidlich, obwohl sie schlief. Freundlicher grüßte sie

Hymers Liebchen, eine Schöne mit hellen Brauen und goldenem Schmuck. Die sprach zu den beiden: „Weil wir doch verwandt sind, will ich euch hinter die Kessel verstecken. Mein Liebster ist häufig was verdrießlich und gegen Gäste ein wenig herb.“ – Da saßen sie nun und saßen lange, denn spät erst kam Hymer vom Jagen nach Haus; der Bart am Kinn war ihm hart gefroren, daß, wie er durch den Saal schritt, die Eiszapfen klirrten. Ihn grüßte vorsichtig die kluge Schöne: „Heil sei dir, Hymer! Mach' freundliche Augen! Sieh doch, da ist ein Vetter gekommen, den wir lange nicht mehr sahen, von weiter Fahrt – du kennst ihn doch noch, den wackeren Tyr? – Und mit ihm, denk' nur, welch ein berühmter Gast: der gute Freund der Menschenkinder, den sie mit Recht den ‚Heiligen‘ nennen! Da schau', wie sie artig im Winkel sitzen, deinen Gruß erwarten, scheu im Schutze der Kesseltrage!“ Die Trage zerbrach vor dem Zornblick des Riesen, acht Kessel polterten schmetternd zu Boden, doch nur einer von den achten kam heil herunter. Die beiden Gäste krochen hervor, verfolgt von den argwöhnischen Augen des Alten, der wohl etwas Ungutes ahnen mochte, weil ihn da einer besucht, der manchem Riesen schon argen Kummer schuf. Doch dacht' er es diesmal anders zu wenden, ließ hurtig vom Stall drei Ochsen holen, die Köpfe abhau'n, die mächtigen Leiber am Riesenspieß braten. Vor Schlafengehn verzehrte da Thor allein zwei ganze Ochsen vom Spieß weg. Da meinte der Riese: „Wenn das so fort geht, werden wir am nächsten Tage uns selbst mit frischem Weidwerk versorgen müssen, sonst sieht es knapp zum Leben aus!" Thor war gleich dabei, einen Nachen hinaus in die Flut zu rudern, wenn ihm der Riese nur einen Köder gäbe. „Hol' ihn dir selber aus meiner Herde," rief jener, „du bist ja solch kecker Held, da wird dir's ein leichtes sein, Köder zu kriegen!" Und Thor erjagte sich ungesäumt einen schwarzen Stier, der dort auf der Weide stand, brach ihm im Nu die beiden gewaltigen Hörner ab und brachte das riesige Haupt lachend als Köder zurück. „Hei," rief Hymer, „du wilder Fischer! Mir scheint, was du tust, weit schlimmer, als wenn du ruhst!" Darauf ruderten sie los in die hohe Flut. Thor wollte immer noch weiter hinaus, aber der Riese hatte keine Lust mehr, warf seine Angel und zog und zog: da hatte er zwei Wale auf einmal gefangen. Nun, das war ein gutes

Stück; der Odinsohn aber verstand es noch besser: einen künstlichen Knoten schürzte er in die Leine, band sie hinten am Kahnrand fest und hängte den Kopf des Stieres an den Haken. So ließ er die schwere Leine hinab. Da fuhr's aus der Tiefe schnappend herauf, schob sich und hob sich, glutschnaubend, dunkel, wie ein schwellender Berg, aus dem weißen Schaum. Und siehe: der Mittgardswurm war's, der Umgürter der Erde, gierig nach dem Fraß an Thors Angel. Der riß mit furchtbarer Macht an der Leine, zog bis zum Bord den Giftwurm empor, drosch mit dem Hammer auf den gräßlichen Klumpen des widerlich grün behaarten Hauptes, daß die Klippen klangen, die Schären schollen; die alte Erde fuhr zusammen, bis tief in den Meergrund drang das Zittern – da sank der Riesenfisch wieder in die See. –

Wenig heiter gestimmt schien der Riese auf der Heimfahrt; kein Wort verlor er mehr, während er das Ruder führte, streng wider den Wind. Dann erst am Strande sprach er zu seinem Begleiter: „Wir werden die Arbeit teilen müssen. Bringst du die Wale ins Haus oder machst du den Kahn fest?" Thor aber ergriff den ganzen Kahn mitsamt dem unausgeschöpften Wasser, den Rudern und den gefangenen Walen und trug dies alles auf seiner Schulter durch die Bergschlucht hinauf in den Hymershof. Doch immer noch hatte der andere Lust, um die größere Kraft mit dem Gast zu wetten. Schwach, meinte er, sei der Mann, wie gut er auch rudern könnte, wenn er nicht fähig wäre, den Metbecher des Riesen in Stücke zu brechen. Kaum gesagt, hatte Thor schon den Becher gepackt und warf ihn im Fluge gegen die Pfeiler der Halle — die brachen der Reihe nach mitten durch, aber den Becher reichte man unversehrt seinem lachenden Eigner zurück. Da flüsterte Hymers Schöne dem Thor das Geheimnis ins Ohr: „Wirf ihn an seinen Schädel, der ist härter als der härteste Becher!“ Mit gebogenen Knien nahm Thor alle Götterkraft zusammen und schmetterte den Becher an Hymers Stirn — die blieb heil, aber der Becher war zerbrochen! Wild heulte der Riese: „Arm bin ich! Elend! Alle Lust ist mir verdorben! Nie wieder kann ich sagen: ‚Zu warm ist mein Trank!‘ Was bleibt mir? Eines bleibt mir: der Braukessel bleibt mir! Ihr Überfrechen, seht zu, wie ihr mir den aus dem Hause bringt!“ — Tyr versuchte es einmal — zweimal — der Kessel stand still. Hymer lachte. Da greift Thor mit beiden

Fäusten oben in den Rand hinein, springt mit dem Kessel vom Herd in die Halle, stülpt ihn sich über den Kopf, daß die Ringe klirren, und stürmt so seltsam behelmt hinaus, wo der flinke Tyr schon die Böcke vor den feurigen Wagen gespannt hat. – So jagten sie fort und blickten nicht um, bis Thor ein Lärmen von hundert brüllenden Stimmen vernahm; da sah er hinter sich Hymer mit seinem ganzen Volke, hielt das Gefährt einen Augenblick an, hob sich den Kessel vom Kopfe und wirbelte den Hammer auf die Verfolger: die fielen alle zu Tod getroffen und gaben dem Sieger freie Bahn. –

Nicht lange fuhren sie weiter, da stürzte der eine der Böcke nieder. Schief lag er, wie tot, gegen die Deichsel des Wagens. Wer hatte das tückische Werk getan? Tyr ahnte es: das war Lokis List! – Zuletzt aber kamen sie doch in den Kreis der harrenden Götter und brachten den Kessel des Hymer mit: Auf, ihr Gäste in Ögers Halle, schöpft euch den Erntetrunk fröhlich daraus!"

Nun hub ein mächtiges, prächtiges Schmausen an. Helles Gold brannte als Licht in der Halle, das Getränk trug sich selbst auf, rastlos kreisten die Hörner voll göttlichen Äles, aller Streit ruhte, seliger

Friede weihte die Stätte, nur in munterer Rede gedachten die Gäste gern der Taten vergangener Zeiten. Da gab es viel Geplauder und lautes Lachen. Das hörte Loki, der draußen lauschte, und es ärgerte den Neidischen der Asen Freude. Er schalt vor den Toren laut und lärmend. Ögers Golddiener hörten das Geräusch und eilten hinaus, um Ruhe zu schaffen: da schlug Loki wie ein Blitz den einen zu Boden, der andere lief in den Saal, den Göttern den Frevel zu künden; die sprangen vom Mahl auf, stürmten vor die Pforte, doch fanden sie niemand. Wie eines Irrlichtes Flamme war Loki verschwunden. So kehrten die Götter zur Tafel zurück, und wieder begann das große Schmausen, sie vergaßen die Störung, tranken und scherzten und wurden immer lustiger. Als der Wonnerausch aufs höchste gestiegen – wer steht da jach auf der Schwelle des Saals? Loki! Und über das Stimmengewirr ruft er grelltönend hinein: „Durstig komm' ich in Ögers Halle, weit gewandert bitt' ich um Labung!" – Staunen – Schweigen – „Was bleibt ihr mir stumm, ihr stolzen Herren? Ihr geschwätzigen Frauen, ihr sagt mir nichts? Weiset mir einen Sitz im Saale, oder – weiset ihr mir etwa die Tür?" – Noch schwiegen die Gäste mit kalten Mienen; nur Bragi, der Sänger, sprach ein Wort: „Kein Ase weist dir beim Mahle einen Sitz; sie wissen wohl, wen sie sich einladen mögen.“ Da brach Lokis giftige Wut aus, fessellos tobte die Lästerzunge: stichelnde Hohnworte fliegen wie Flammen, wie schlagende Blitze, bald trifft es Odin, bald trifft es Froh, Heimdall den Hohen, Bragi den Edlen, aber am schlimmsten galt es den Frauen, Frigg und Freia, Idun und Gefion, alle die schönen, die gütigen Göttinnen überschüttet mit eklen Späßen, mit giftigen Nachreden, schnöden Verleumdungen, niederen Lügen der tückische Loki – bis Thor erschien. Der hatte den Bösen noch draußen gesucht, nun fand er ihn hier im Saal am Werk, und zornrot schrie er schon vor der Pforte: „Schweig, du Schuft! Sonst schließt dir mein Hammer das Lästermaul!“ – „Da hört ihr's!“ rief Loki frech: „Der Erdsohn tritt ein, und sofort geht das Fluchen an!“ Was aber anging, war wildester Wortzank zwischen den beiden, den Feuergewaltigen. Die tobten sich weidlich gegeneinander aus, bis Thor zuletzt wütend den Hammer schwang. Da sprach Loki: „Ich habe euch Asen redlich gedient, nun drück' ich mich lieber beiseite, denn –

Thor, dich kenn' ich: du schlägst am Ende!"
Dann wandte er sich einmal noch nach der

Tafel: „Schenk' aus deinen besten Tropfen, Öger! Ewig nicht wieder gibst du ein Mahl. Feuer und Flammen über Haus und Hals! Das ist Lokis Abschiedsgruß!" Und damit verschwand er.

Man erzählt sich, daß Loki nach solchem Frevel sich in einen glänzenden Lachs verwandelte, der unter einem Wasserfall sich verbarg. Dort aber fingen ihn einst die Götter, banden ihn über drei Felsen fest, den einen unter dem Nacken, den andern unter dem Rücken, den dritten unter den Kehlen der Knie, und hängten über sein Gesicht einen Giftwurm, der ließ langsam, unaufhörlich, seinen zehrenden Saft auf ihn niedertropfen. Da setzte sich Sigyn, sein Weib, daneben und fing das Gift in einer Schale auf. Wie oft die sich füllt und Sigyn sie wegträgt, vom Gifte getroffen, schüttelt sich Loki, daß unter ihm die Felsen schüttern – und dann sagen die Leute: „Die Erde bebt." –

Nach Hymiskvidha und Ogisdrekka.

8. Odin bei der Wala

Böse Träume hatten den lichten Balder in dunkler Nacht erschreckt. Götter und Göttinnen hörten es mit Bangen, kamen zusammen, redeten und rieten hin und her, fanden keine Deutung, keine Beruhigung, auch Odins Runen sagten ihm nichts —

dumpfer Druck düsterer Ahnung lastete schwer auf dem ganzen Göttergeschlecht. Walhall bot keine Wonnen mehr dar. – Da faßte Odin einen großen Entschluß, nach Ungeheurem stand sein Wille – heimlich vor den anderen rüstete er Sleipner, sein rasches Roß, zur weitesten aller Fahrten. Bis in der Erde Abgrund, da, wo die Höhlen Nibelheims nachten, trug den Gott das furchtlose Tier. Ein Hund, die Brust von Blute triefend, fuhr ihm am Eingange heulend entgegen; des Zaubers kundig ritt Odin geruhig vorbei. Die harten Felsen hallten unter des Rosses Hufen, tief ging's und tiefer, steile Stege und Stufen hinab. So kam des lichten Lebens Walter in die Behausung der toten Nacht. –

Beim östlichen Tore wußte er die Gruft der weisen Wala. Dort stimmte er den starken Weckzauber an. Und es steigt aus der Nebelkluft auf, ein wunderbar schimmerndes greises Weib, und redet zu ihm mit Grabesstimme: „Welch ein Mann ist das, den ich nicht kenne, und der zu so schwerem Wege mich zwingt? Mich deckte der Schnee, mich schlug der Regen, von Nachttau beträuft, lag lange ich tot."

„Wanderer heiß' ich, von Walland komm' ich. Sprich du von da oben, von unten will ich es. Sag' mir, für wen steht ringumgürtet mit Fluten Goldes das Lager geschmückt?"

„Dem Balder steht hier schon der Met bereit, die klaren Tropfen bedeckt der Schild. Ich sehe die Asen ohne Hoffnung. Gezwungen sagt' ich's – nun laß mich schweigen."

„Schweig nicht, Wala! Fragen will ich dich, alles wissen, alles in einem: sag' mir, wer wird an Balder zum Mörder? Wer raubt das Leben dem Odinssohn?"

„Höder der Blinde bringt Balder daher – gezwungen sagt' ich's – nun will ich schweigen."

„Schweig nicht, Wala! Sag' mir noch eines: wem soll es gelingen, die Untat zu rächen? Wer rüstet dem Töter den Totenbrand?"

„Rinda gebiert dem Odin am Abend den Sohn einer Nacht. Der wäscht nicht die Hand, der kämmt nicht das Haar, bis er Balders Mörder zum Tode gebracht. Gezwungen sagt' ich's – nun muß ich schweigen."

„Schweig nicht, Wala! Sag' mir das letzte! Ich ahne das Ende, ich sehe, was kommt. Wenn alle Wesen um Balder weinen, wird eines starr und tränenlos bleiben? Wird eines ihn trotzig dem Tode weih'n?"

Da rief die Wala: „Du bist nicht der Wanderer, wie ich dachte. Odin bist du, der wissende Gott!“ Und Odin rief wieder: „Du bist nicht die Wala, das weiseste Weib! Und bist doch dreier Nornen Mutter. In Urzeiten hing ich neun ewige Nächte am sturmdurchbrausten Weltenbaum. An den drei Wurzeln, die keiner kennt, saßen die drei und bewachten den Quell, der aus Mimirs des Urweisen Haupte fließt. Da späht' ich hinunter, vom Speere durchstochen, dem Odin, ich selbst, mir selber geweiht. Niemand bot mir Brot oder Met, ich klagte — ich fragte — da lauscht' ich der Quelle, da lernt' ich der Runen unendliche Reihe, bis ich vom Baume niedersank. Was helfen mir heut all meine Runen? Sie sagen mir nichts, sie raten mir nichts. Die Töchter drei sind der Mutter gleich. Leidvoll reit' ich nach Walhall heim! — Und die Wala verschwand vor Odins Augen in nebliger Tiefe mit diesem Wort: „Heim reite, Odin, und sei — ruhmvoll! Nie nahe mir mehr ein Mann, bis Loge loskam, ledig der Schlingen, und Götterdämmerung alles verschlang.“ —

Nach Vegtamskvidha und Hávamál.

9. Götternot

Allvater selbst, der Walter der Welt, die weisen Wanen, die kunstreichen Alben, die harrenden Riesen, die trotzigen Walküren, alle Wesen befing das Grauen des nahenden Endes, der Asen Ahnung. Den Weltbaum nährte nur mühsam noch der Nornen Pflege. Ohnmächtig der Runen, zu denen sich alles angstvoll nun drängt, behüten sie kaum noch des Mimirquells urheiligen Trank. Odins Rabe, auf Kundschaft gesandt, verweilt zu lange, zur Sorge der Götter. Selbst Zwerge haben schwere Träume, Träume von Nächten, dunkler als ihre Höhlen, und in den gähnenden Abgrund der Nächte stürzen die Welten kraftlos hinab. Die flüchtende Sonne sieht sie sinken, möchte sie wieder dem Lichte retten – im Beben der alten Erde, im Strom vergifteter Lüfte, im Versiegen der raunenden Quelle verliert auch die Sonne ihre zeugende Kraft.

Eine Schreckenskunde ertönt von des Weltbaumes verstummten Hütern: aus dem Wipfel der Esche ist die regsame Göttin, Idun, die blühende Tochter der Erde, ein welkes Blatt des gewaltigen Baumes, zum Fuße des Stammes hinabgesunken; da liegt sie nun jammervoll, weiß sich nicht Rat, glaubt kaum mehr, wie schön es dort oben war, nun sie, die Jüngste, Ewigjunge, hilflos dem kalten Tode verfiel. Die Götter, die sonst des Sieges gewohnt, sorgen sich schwer um die traurige Maid – wie sollen sie die Holde dem Grabe entreißen? Ein Wolfsfell aus des Himmels Höhe decken sie schneeweiß über sie hin; das schirmt ihr Leben auf eine Weile

– aber es ist nur ein trügerisch Bild! Zuletzt – noch einmal – schickt Odin zur Schlummernden nach Weltenkunde den Wächter des Himmels, der leuchtenden Brücke, des Weckhorns Bläser, Heimdall, in Bragis des göttlichen Sängers Geleit. Bang, ohne Hoffnung, lugt von dem Sitze, wo einstens der lichte Froh die schöne Gerda erblickte, der Asen Vater den Boten nach, wie sie auf Wölfen von blutiger Walstatt, die sie sich gefangen und rasch gezähmt, auf Wegen der Not und vieler Gefahren weithin reiten zu Mimirs Quell. –

„Hüterin du des Weisheitstrankes, weißt du uns nichts vom Geschick der Götter, von der Welten Lauf, von Himmel und Hel, nichts von Leben und Lebensende?" – So frug der weise Gesandte der Asen. Sprachlos liegt die gebannte Göttin, kein Laut entlöst sich den starren Lippen. Tränen nur entfließen in leisen Strömen dem geschlossenen Auge der Göttin und hüllen die schöne Gestalt in silberne Schleier. Die Fragenden sahen das Elend der Armen, aber nur größer noch fühlten sie selbst ihre Not und sie ließen nicht ab, sie konnten nicht schweigen, drängten, drohten, immer stärker – vergebens! – mit allem Reden erreichten sie nichts. – Da ließ Heimdall den sinnenden Sänger bei der Schläferin als Wacht zurück und kehrte allein über Stock und Stein nach Walhall heim. –

Er fand die Götter beim Mahle sitzen, dessen sie sonst so fröhlich genossen. Nun vergaßen sie ganz des Trunkes und der Speisen. Nur banges Fragen und heftiges Heischen um Heimdalls Kunde von Iduns Wissen! – Wehe, wie stumm und tot die Antwort! – Dämmerung fällt über sie schwer herab. Half denn kein Mut, keine List – gab's gar keinen Ausweg mehr – kam schon die Nacht? – Und Odin rief laut, und alle lauschten: „Komme die Nacht denn! Noch diese eine haben wir sicher, und sicher tagt ihr noch einmal ein Morgen. So sinne ein jeder, wenn er noch kann, die Nacht hindurch bis Morgengrauen dem Heile der herrschenden Asen nach.“ –

Die Sonne sank an den Bergen nieder, da erhoben die Götter sich alle vom Mahle, grüßten einander und gingen zur Ruhe. –

Als aus dem edelsteingeschmückten Tore der neue Tag „Scheinhaar“ sein Roß mit der Welt überglänzenden Mähne hinaustrieb, da zähmte noch einmal das heilige Licht die dunkeln Mächte der Erdentiefe un-

ter des Weltbaums zernagter Wurzel. Schwarzalben und Riesen fielen in Schlummer; nördlich gen Nibelheim wich die Nacht, während die Götter sich mit der Sonne vom Lager erhoben, gewärtig des letzten ihrer Tage, vor dem sie kein Traum, kein Wahn mehr bewahrt.

Es war an der Zeit, und über die morgendlich tönende Brücke schritt Heimdall der Hornwart zur Himmelswacht – – –

Nach Hrafnagaldr Ôdhins.

10. Balders Tod

Weil Odin ratlos von der Wala heimkam, nahm Frigg entschlossen das Werk in ihre Hand. Sie fuhr durch alle Raume und Heime der Welt und bat alle Wesen, Riesen und Alben, Menschen und

Tiere, Pflanzen und Steine, um einen heiligen Eid: daß sie Balder niemals verletzen würden. – Gern gaben ihr alle diesen Eid; denn alle liebten sie den gütigen Junggott; und freudig kam Frigg zu den Asen zurück: „Gerettet ist Balder! Ich habe den Eid!“ Da jubelten die Götter und wurden in ihrer Freude gar übermütig. Sie nahmen Balder in ihre Mitte und scherzten und lachten: „Laßt sehn,“ rief einer, „ob der Eid auch hält!“ und ein anderer: „Zeig' uns, ob dich gar nichts verletzt!“ Und sie warfen mit Speeren, schossen mit Pfeilen, ja sie schleuderten Steine auf den lachenden Gott. Speere, Pfeile, Steine, machtlos fielen sie auf den Boden zurück: unverletzt stand Balder. Nun tanzten die Götter vor lauter Freude in jauchzendem Reigen um Balder her. Das ärgerte Loki, den Unheilstifter; und wie er nun einmal Verwandlungen liebte, nahte er sich Frigg als ein altes Weib. Das murmelte wie ingrimmig so vor sich hin: „Maßloser Unsinn! Frevelndes Spiel!“ Frigg horchte und frug: „Was murmelst du, Alte?“ Und wieder kam's leise von den welken Lippen: „Macht nur so fort! Ihr werdet's erleben!“ Ungeduldig rief Frigg: „Sprich deutlich, was meinst du? Was hast du mir zu sagen?“ Und die Alte kicherte: „Unverletzlich wähnt ihr den Balder? Das gibt es gar nicht.“ Da eiferte zornig die Göttin: „Du Närrin! Ich habe den Eid von allen Wesen!“ „Von allen? Wer's glaubt! Ich weiß es besser.“ Lachend humpelt die Alte davon. „Bleib!“ ruft ihr Frigg nach: „Was weißt du besser?“ „Von allen?“ klingt's über die Achsel zurück: „Ich kenne doch etwas — — —“ „Die Mistel meinst du?“ Das Wort fährt der Göttin jäh heraus. „Die Mistel — gewiß! Hütet euch! Hütet euch!“ Damit verschwindet die Alte vom Hofe. Frigg aber, im Frohstolz, ruft hinterdrein: „Die Mistel kann keine Eide schwören; die ist kein Wesen, die hat keinen Willen, der Baum ist das Wesen, sie lebt nur von ihm!“ Und heiter wendet sie sich zu den Göttern: „Spielt weiter, ihr Asen, schießt eure Pfeile! Balder ist sicher. Wir haben den Eid!“ — Beiseite stand traurig der blinde Höder, der sich am Spiele nicht beteiligen konnte. Er hört etwas neben sich, wie ein rauschendes Gewand, und eine Stimme flüstert ihm ins Ohr: „Armer Höder, du möchtest gern mittun?“ „Wie könnt' ich, ich Blinder? Du spottest. Wer bist du?“ „Kein Spott! Ich bin von der Frigg Gesinde; hier schickt sie dir einen guten Pfeil — ich soll dir, sagt sie, den Bogen richten, daß du das Ziel nicht fehlen kannst." Den Mistelzweig hatte sich Loki gebrochen, und drückt ihn fest in des Blinden Hand, richtet den Bogen, lenkt ihm den Pfeil — er fliegt — er trifft — und dringt in das Herz — und Balder sinkt nieder. — Erschrocken laufen die Götter hinzu — sie denken, er strauchelte, wollen ihm helfen — und sehen mit Entsetzen: „Balder ist tot!" — Starr und stumm stehen sie alle. Ein Vogel fliegt krächzend über sie weg: der lachende Loki! Der Laut verhallt, Todesschweigen über Walhall! — Dann raunt es allmählich hier und dort: „Was ist geschehen?" — „Wie konnt' es geschehen?" „Wer hat es getan?" „Mein Pfeil war's nicht!" „Nicht meiner!" „Auch meiner nicht!" — Höder, der Blinde, wußt' es nicht besser, es schossen ja alle: „Gewiß nicht meiner!" — Und wieder verstummte das dumpfe Gemurmel. In ihrer Mitte lag Balder tot.

Odin hatte tief geschwiegen; nun winkte er Hermod, dem Götterboten: „Auf, Hermod!" so spricht er leise zu ihm: „Nimm dir mein Roß, wirf dich auf Sleipners Rücken und eile zum Reiche der Hel hinab! Dort findest du Balder; fordere ihn uns wieder! Er gehört nicht der Hel. Der Gott darf nicht tot sein!" – Und Hermod nahm sich Odins Roß, warf sich auf Sleipners Rücken und eilte neun Nächte hindurch auf dunklen Wegen nieder zum Reiche der Toten, zur Hel.

Indessen rüsteten die trauernden Götter dem toten Balder am Seegestade die Leichenfeier. Auf des Gottes Meerschiff war reichgeschmückt das letzte Lager ihm aufgeschlagen. Schon glühte der Brand, als sie die Leiche feierlich auf die Scheite legten. Das treue Roß stand auch schon bereit, dem lieben Herrn ins Feuer zu folgen. Da schwang sich ein junges, weinendes Weib auf den Bord des Schiffes: Balders Erdenlieb, die blühende N a n n a, die niemals vordem den Göttern genaht war. Ihr tiefstes Leid erhob sie so, und keiner der Asen hielt sie zurück von dem göttlichen Freunde. Die Arme schlang sie um seinen Leib, küßte den Mund – und verging in dem Kusse. Odin zog sich vom Finger den Draupner, den goldenen Wunderring; jede neunte Nacht tropfen von ihm acht gleiche herab. Mit ihm vermählt er die beiden Toten, und das flammende Bett schwimmt hinaus in das Meer. –

Im gleichen Augenblick war auch Hermod bis an die Grenze von Helheim gelangt. Ein Riesenweib tritt ihm dort entgegen.

Modgund, die Wächterin, ruft ihn an: „Wer kommt uns von droben lebend daher? Die Helbrücke donnerte unter deinem Rosse, wie sie nicht unter fünfhundert Männern schallt!“ – „Ein Ase bin ich,“ sprach Hermod gelassen, „der Bruder des Balder; den fordere ich wieder. Er gehört nicht der Hel. Du weißt, wo er hinging. Sag' mir den Weg!" Gen Norden wies Modgund in stummem Staunen, und ungehindert sprang Sleipner nordwärts, bis daß er dicht vor dem Helgatter stand. Da gab Hermod dem Roß die Sporen, und mit mächtigem Satz überflog es das Gatter. Seiner Hufe keiner berührt es nur leicht. Hermod stieg ab und ging in die Halle. Dort sah er auf dem Hochsitz in Ehren des Fürsten den Bruder Balder und neben ihm Nanna. „Die Götter rufen dich, Balder, heim. Du gehörst nicht der Hel, du darfst nicht tot sein. Folge mir lebenden Atems nach Walhall." Balder schwieg; doch aus dunkelster Tiefe erklang, wie ein unterirdischer Donner, die Stimme der unsichtbaren Herrin der Toten: „Der Hel gehört Balder, solange ihn nicht alle Wesen ins Leben weinen!" Und Balder winkte dem Hermod zum Abschied und reichte ihm wieder Draupner, den Ring, der ewigen Tage leuchtendes Zeichen; denn es ist bei der Hel weder Licht noch Zeit. –

Als Hermod zurück war, flugs ritten die Boten der hoffenden Götter durch alle Räume und Heime der Welt: „Weinet! Weinet! Weinet, ihr Wesen, weinet alle um Balders

Tod, weinet, weinet für Balders Leben! Weint uns im Balder das Leben zurück!" Es flossen die Tränen der ganzen Erde, der Höhen und Tiefen, der Riesen und Alben, die Zwerge weinten in ihren Klüften, und was nur lebte, in Wassern und Lüften, die Welt überströmte von Tränen um Balder, als würde der Tod aus dem Weltall geschwemmt. – Die Boten der Götter wandten sich heimwärts, froh des glücklich vollbrachten Werkes. Da kamen sie vorüber an einer Höhle, ostwärts von Riesenheim, die lag lautlos – kein Schluchzen, kein Weinen im Dunkel zu hören, und doch saß da Eine, sie sahen sie sitzen, trockenen Auges, ohne Tränen, sie, die einzige von allen Wesen, sie weinte nicht um Balders Tod, sie weinte nicht für Balders Leben. Die Boten riefen ihr, von Grausen durchbebt: „Wer bist du, Gräßliche? Weinst du nicht? Weine um Balder! Weine mit Allen!" – „Töck bin ich, die dunkle – was soll ich weinen? Was hat mir Balder mein Lebtag genützt? Behalte die Hel, was sie einmal hat!" – Entsetzen jagte die Boten nach Hause. Das Weib aber ward ein glänzender Fisch, der barg sich im Wasserfall. Es war Loki. –

Nach Gylfaginning der jüngeren Edda.

11. Walakunde

Als die alten Götter vergangen waren und neue Geschlechter der Menschen eine verjüngte Erde bevölkerten, da lebten doch immer noch dunkle Erinnerungen, ferne, verstreute

Klänge aus jenen Urzeiten in Liedern der Sänger, denen die späten Nachkommen mit Neugier und Andacht zu lauschen liebten. Das volle Geheimnis aber der großen verschwundenen Götterwelt, das meinten sie nur noch geborgen im wunderbaren Wissen geisterfüllter Frauen, der Walen, die wie die letzten Priesterinnen eines alten Glaubens, im Verborgenen weissagend, ehrfürchtigen Fragern aus dem lebenden Geschlechte ihre heilige Kunde heimlich offenbarten. Solch eine erhabene Wala spricht hier zu dem lauschenden Kreise ihrer frommen Hörer, die ihr, der Uralten, als kindisch unwissende Enkel erscheinen jener ersten menschlich Geborenen aus des weisen Himmelshüters, des Heimdall, irdischer Schöpfung und Ordnung. Und also redet sie nun von der Asen Wesen und Leben, Wirken und Leiden bis zu ihrem Fall und Ende, der Götterdämmerung! –

Schweigt still, all ihr Kinder, die Großen und Kleinen, von Heimdalls Geschlecht! Höret mir zu, was ich euch künden will, von Walvaters Herrschaft aus fernsten Zeiten her tief mich gemahnende Sagen. Denn wisset: ich selbst bin den uralten Riesen entsprossen, die eines der neun Weltheime bewohnten, neun Zweige des Weltbaumes, der weit unter die Erde hinab seine Wurzeln gesenkt. – Ich sehe die Esche Yggdrasil: von weißlichem Nebel trieft ihr Laub, der als Tau in die Täler niederfällt. Immergrün steht sie dort über dem Quell der Nornen. Von dort her sind sie gekommen, die drei, die wissenden Frauen, von dem heiligen Wasser, das ewig unter dem Baume rinnt: Urd, die eine, die andere Werdandi, die dritte Skuld, Lose zu werfen, Leben zu küren, allen Wesen das Schicksal zu künden. – Einst kam ein Greis, von banger Frage getrieben, dahin an die Stätte, wo er die Weiseste wußte, der die dunkle Zukunft bekannt ist. – Oh, was fraget ihr mich nach ihm? Ach, was wollt ihr mich zwingen, zu sagen?! Alles weiß ich – ich weiß auch, wo du, Odin, dein Auge geborgen! In Mimirs altheiligem Quell. – Aus Walvaters Pfand allmorgendlich schöpft sich Mimir den geistverklärenden Trunk. – Versteht ihr mich noch? Soll ich weiter reden? – So hört denn von Anfang, wie alles kam! –

Zur Urzeit des Ymir war es: da gab's weder See noch Sand, keine Erde, keinen Himmel, nichts Lebendiges, nur gähnenden Abgrund — bis die Söhne des Bur mit leuchtenden Scheiben die Höhen erhellten und drunten Mittgard aus Ymirs Brauen erbauten. Da schien zum erstenmal die Sonne herab auf der Erde steinernen Felsensaal und der Grund bedeckte sich freundlich mit grünem Grase. Aber was wußte die Sonne, wo ihre Bahn, was der Mond, wo seine Stätte? Wie mochten die Sterne zu ihren himmlischen Sitzen sich finden? Noch war die Sonne dem Monde gesellt und zaudernd hemmte sie den Lauf ihrer Rosse — wohin mit uns? frug sie die Waltenden droben. Die Söhne des Bur, die heiligen Götter, gingen zu Rate und ordneten weise den Wandel der Zeiten; Nacht und Tag, Monde und Stunden empfingen ihre Namen und ihre Bestimmung. Dann trafen sich die Asen auf dem glänzenden Grunde, dem Idafelde, wo sie mit goldenen Kugeln spielten — denn alles, was sie berühren und brauchen, ist eitel Gold, das müßt ihr wissen. Dazu hatten sie dort im Hofe, im heiligen Bezirke der Himmelsburg, aus eigener Kraft sich Essen geschaffen und Erze geschmiedet, nur einzig zu ihrer spielenden Lust. Das währte nicht lange, das fand ein Ende! — Die drei gewaltigen, alles wissenden hohen Frauen aus Riesenheim, sie waren gekommen, mit ihnen das Schicksal, mit ihnen das Wissen, das Sehnen und Sorgen; der Weltlauf begann und mit ihm der Zwist. Nun war das Gold ein Kampfpreis geworden; in allen drei Altern, den Zeiten der Nornen, brannte sein lockender, blendender Glanz aus Not und Blut zum Leben, zum Wirken, immer wieder und wieder erneut. – Wie nennt ihr die Herrin des ewigen Haders? Kennt ihr sie nicht? Auch sie eine Wala, auch sie gewaltigen Zaubers mächtig, kundig gar übler Siedekunst: die Wonne alles verderbten Volkes. Heißt sie die Helle – heißt sie die Hölle? „Heid" wird sie genannt – ich nenne sie Gold. –

Da brach der Grenzwall der starken Asen, da mußten selbst milde Wanen sich zum Betreten der Walstatt verstehn, da warf Odin über alles Volk seinen Speer, da war zuerst Krieg in die Welt gekommen. Walküren flogen herbei aus fernen Landen, zur Hilfe gerüstet für die göttlichen Scharen. Zwerge, in Erdentiefen geschaffen, wurden geworben zu fleißigem Dienst, unzählige Völker – wer kennt ihre Namen!? – geübte Schmiede, die schufen emsig Waffen und Wehren. Loki, der war ihr Altvater, wißt ihr's? – Seit Menschen leben, ist dies am Werk.

Das war die Zeit, da die Götter wiederum mußten zu ernstlichem Rate gehn, weil ihnen das Unheil widerfahren, daß Freia ihnen geraubt ward — Freia! Die schöne Göttin des Lebens, der Jugend, der Liebe — sie, ein Raub der Riesen, der grimmigen Eisherrn des Ostens?! Wie war das möglich? Wer hat das getan? Was war zu tun? Wer konnte da helfen? — Thor war der erste, der zornentbrannt aufsprang vom Sitze — die Frevelkunde war ihm genug — ihm hieß es: Handeln! Sein Hammer zuckte in seiner Hand nach rascher, rettender Tat. Da huben sie an, die Riesenkämpfe. Was galten noch Eide, was alte Verträge? Gebrochen war der Friede, das Kunststück kluger Worte zerstört. Dem Abgrund zu rollte die Welt der Götter. —

Dem blühenden Balder, dem Odinsohne, nahte das Schicksal. Auf hohem Baume über dem Feld — da seh' ich sie zierlich und schlank gewachsen, die zärtliche Mistel. Wer hätt' es gedacht, daß je von diesem Baume herab das grause Verderben fliegen sollte — der Todespfeil Höders, den einsam im Saale Frigg mit brennenden Zähren beklagt?! — Versteht ihr's, frag' ich — wollt ihr noch hören? — Ein anderes Bild taucht mir dahinter schauerlich auf: da liegt im Walde der heißen Quellen, kaum zu erkennen, Lokis gefesselte Unholdsgestalt, und neben ihm, nimmer des Gatten froh, mit der Schale voll Gift, die unselige Sigyn. Die Wala kennt die harten Bande, die Riesengedärme, die feindliche Götter dem Elenden flochten. Sie sieht die Strafe, sie weiß die Rache, in diesen Gebilden erschaut sie alles, die Dämmerung der Götter und ihrer Welt. – Noch einmal: versteht ihr's? Red' ich noch weiter? –

Wehe, was ist aus der Welt geworden! Brüder bedräuen sich, hassen sich, morden sich, die sich geschwistert, verleugnen die Sippe, niemand verschont den anderen mehr: böse Geister gehen um, die Erde bebt unter allen Greueln, die Schilde brechen, so brechen die Ehen. Schwertalter, Beilalter, Sturmzeit, Wolfszeit – das ist das Alter, das ist die Zeit, ehe die Männerwelt untergeht! –

Und eine noch seh' ich, im ehernen Walde des Ostens seh' ich die grausige Alte, die des Fenriswolfs Junge füttert, die Ungetüme, die Wölfe der Endschlacht, Managarm auch, des Mondes Verschlinger. Wo Männer fallen, da finden sie reichlich Ätzung, bis an den Burgwall der Götter spritzt das alles besudelnde Blut. Und Sommer kommen, da keine Sonne mehr scheint, alle Unwetter toben und tosen — was soll ich noch sagen? Von jenem dort, der die Alte bewacht, der auf dem Hügel von Schnee seine scharfklingende Harfe schlägt, der Sturmriese „Schreckaar“. Als im Walde die Vögel noch sangen, da war es der rötlich glänzende Berghahn, Fialar mit goldenem Kamme, der erweckte helltönig Heervaters Helden zum neuen Tage des fröhlichen Kampfes. Nun gilt es anderer, böserer Schlacht! Nun weckt nicht der Hahn mehr — es sei denn der schwarze, der drunten der Hel die Stunde kündet! — nun hebt Heimdall der Gott sein Horn, der gellende Klang durchbraust alle Welten. Yggdrasil zittert bis in die Wurzeln — schon spülten und spülten Mimirs wallende, schwellende Wellenkinder aus Quellentiefen zum Stamm empor. Murmelt wohl Odin auch jetzt noch mit Mimirs weissagendem Haupte? Ich seh' ihn nicht mehr. Es rauscht in den Wipfeln: noch steht der Weltbaum: wie lange noch? Wehe! Schon reißt er sich los, der furchtbar gefesselte Feind der Götter, und vor ihm her jagt heulend der blutige Wolfshund zur letzten Wal. O wie das eisige Ostmeer tobt! Da wälzt sich der Weltwurm riesenwütig und peitscht

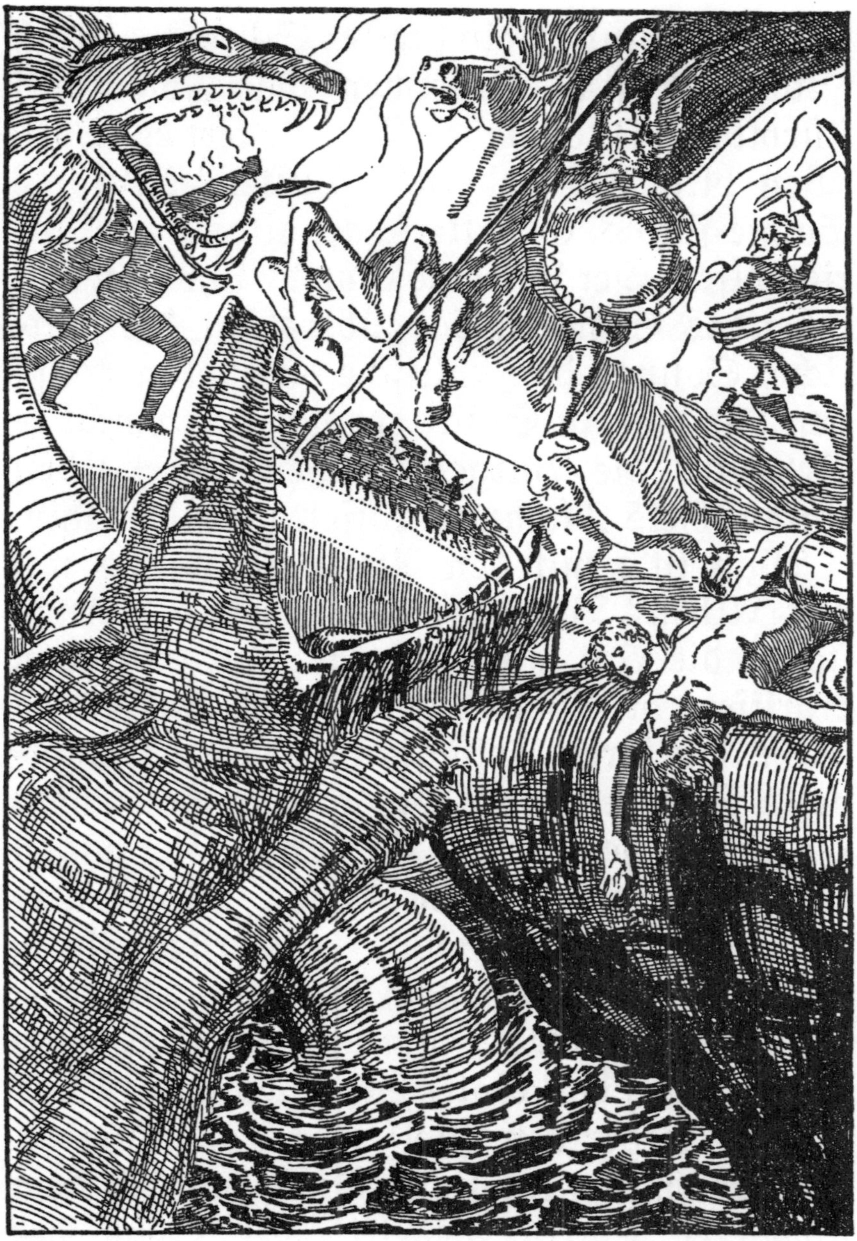

zu brodelnden Wirbeln die Flut. Was kreischt in den Lüften? Der Leichenvogel! Was ruft er — was kündet sein greller Schrei? — Auch „Naglfar“ ist losgekommen. Das Totenschiff stürmt von Osten daher. Wer steuert es? Loki. Wen birgt es? Lodernde Gluten. Muspels Söhne sind's. Gevatterschaft alles des Fenriswolfes. Der schwarze Surtur schwingt sein lohendes Schwert, das überglüht die göttliche Sonne, der höllische Strahl zerreißt den Himmel, in Stücke springt das mächt'ge Gewölbe, die Burgen brechen, die Helden sinken, Hels Flammen raffen sie alle dahin.

Was ist's mit den Asen? Was ist's mit den Alben? Bis nach Riesenheims Fernen stöhnt die Not, niederstürzen, von Schrecken ergriffen, die Weiber der Riesen, die Riesen selbst. In ihren Felsengrüften ächzen angstvolle Zwerge, durch Berge und Schluchten die heimlichen Wege, sie wissen, sie finden sie nimmermehr. Zum letzten Male versammeln sich alle Götter. — Versteht ihr's, frag' ich — red' ich noch weiter? — Weine, Frigg, noch einmal, zum andern Mal klage — ein Ende, das Götterende! Odin eilt schon hinaus, wider den Wolf zum Todeskampfe. Gerdas Gatte, der lichte Froh, hat sich dem schwarzen Surtur gestellt. Der Sohn der Erde, der Heilige Mittgards, Thor, hat den Weltwurm kühn sich erwählt: der Hammer schmettert – aber neun Schritte weicht der Gott vor dem Untier zurück, der Gifthauch betäubt ihn, und er, der nichts fürchtet, hier muß er des Sieges verlustig gehn. Heimdall und Loki fällen einander, auch Froh ist gefallen, Tyr folgte Odin – alle Wesen müssen die Walstatt räumen. Nur einer, nur Widar, Siegvaters einnächtiger Sproß – ihm gelingt es: das Schwert dem Wolf durch den Rachen ins Herz – so rächt er den Vater. Neidhack der Drache trägt Leichen um Leichen auf dunklen Flügeln von Felsenhöhen zur Tiefe der Nacht – dort ist er verschwunden, der letzte, auch er. Den Weltbaum verzehrt des Feuers Wut, lodernd gen Himmel schlägt die Lohe, die Sterne verschwinden, die Sonne wird schwarz, ins Meer versunken ist die Erde. Todesschweigen bedeckt die Welt. –

Aber – was seh' ich? Was soll ich euch sagen? Ich sehe die Erde wiederkehren: sie taucht aus den Wassern, sie grünt, sie lebt! Die Fluten fallen – und über ihnen, von Felsen zu Felsen, fliegt ein Adler, der wieder, wie eh'mals, nach Fischen jagt! – Ich sehe die Asen! Sie sammeln sich wieder dort auf dem glänzenden Idafelde. Erinnerung worden ist all ihr Leiden, uralte Runen bewegen ihren Sinn, wie sie vom Mittgardswurm sich erzählen und von Odins vergangenem Herrschertum. Und sie finden sie wieder, im jungen Grün, die goldenen Kugeln, die wundersamen, womit sie in heiliger Urzeit gespielt. Ein seliges Leben lacht allen Wesen: auf den Äckern wächst ungesäete Saat: gesühnt ist alles, was böse war. Auch Balder ist da, versöhnt mit Höder, eine Siegeshalle empfängt die Brüder, das göttliche Paar, zu wonniger Wohnstatt. Denn heller als wie die Sonne selbst seh' ich ihn droben neu erstehen, den Himmelssaal unter goldigem Dach. Dort wohnen die Edlen, die wacker Bewährten, in ewigen Ehren, den Göttern vereint.

Und es naht sich ein Mächtiger dem Herrscherstuhle, ein Starker von oben, ein Allberater, zu richten, zu schlichten und heilige Satzung festzusetzen für alle Zeit. –

Nach Völuspâ.

12. Der Ursprung der Menschen

Wußte die Wala von der Urzeit der Götter zu künden, so hat sie auch fernste Kunde von der Menschen Ursprung und göttlicher Ordnung. Sie weiß von den Dreigöttern Wunder zu sagen, wie sie dereinst am Seegestade wandernd ein Paar gefunden, leblos, sinnlos, starr wie die Stämme gefällter Bäume, als ob sie die Wogen von weiter Küste herangeschwemmt hätten; da gab ihnen Odin, der Waltegeist der himmlischen Lüfte, den Atem lebendiger Seele, Bewegung der Glieder nach eigenem Willen schenkte Haener, der Wellen Gebieter, Loki aber, der lodernden Flammen brünstiger Erzeuger, wirkte den Zauber des heißen Blutes, die Farbe des Lebens. Und sie hießen die beiden: Ask und Embla, die wurden die Eltern des Menschengeschlechts. Wie Götterdämmerung nun alles verzehrte, in der Weltesche tiefe Wurzeln flüchtete wieder ein letztes Paar; im ewigen Holze bargen sich Leben und Lebensdrang (Lif und Lifthrasir) zu neuen Geburten. Und wieder bevölkerten Menschen, überall zerstreut, die junge Erde.

Da geschah es, erzählt die Sage, daß Heimdall, der wiedergeborene Gott, der Hüter des Himmels, Bewacher der Welt, der waltende Herr der Ordnung und Sitte, irdische Wege zu wandeln anhub, dem Menschenvolk die Wege zu weisen, die sie geordnet durchs Leben führen; und weil er dort oben den „Iringsweg", die himmlische Straße der Sterne, bewachte, nannte er auch bei den

Menschen sich Iring. – Wie er nun so dahinging, raschen Schrittes, durch die grünen Auen der Erdenlande, traf er unterwegs mitten im Walde eine Hütte mit offener Tür, und wie er hineintrat, sah er am Feuer in Lumpen gehüllt ein altes Pärchen; die nannten sich dem Fremdling Ahn und Ahne (Ai und Edda). Er setzte sich freundlich zwischen beiden auf die harte Bank und sprach mit ihnen; da holte die Alte – sie hatte nichts Besseres – einen Laib schweren, grobschrotigen Brotes grad aus der Asche des Feuers hervor, trug auch einen Sud in der Kanne dazu und setzte als Hauptstück in süßlichem Safte gesottenes Kalbfleisch auf den Tisch. Als Iring dann aufstand, schlafen zu gehen, wußt' er die beiden leicht zu bereden, und sie ließen den Gast in ihrer Mitte auf dem ehelichen Lager liegen. Drei Nächte lang war er mit ihnen zusammen, dann wandert' er seines Weges weiter. Neun Monde gingen seitdem dahin: da hat Ahne ein Kind geboren, und wie der Kleine mit Wasser genetzt war, sahen sie: die Haut blieb schwarz. Danach empfing es den Namen „Knecht" (Thrael). Der wuchs heran, derb und deftig, mit rauhen Fäusten, plumpen Fingern, krummem Rücken, knochigen Gliedern, breiten Füßen und wüstem Gesicht. Da lernt' er bald schuften, in harter Arbeit, Bürden binden und Lasten tragen, Reisig schleppen, tagaus, tagein. Da kam eine Dirne zum Hofe gegangelt, mit wunden Füßen, verbrannten Armen und platter Nase, die nannte sich „Magd" (Thyr). Mitten auf die Bank setzte sie sich, dicht neben den Sohn des Hauses hin; und sie schwatzten und scherzten und hockten beieinander und — wie das so geht — sie bekamen Kinder, Söhne und Töchter, die lebten ärmlich, düngten ihre Felder und flickten ihre Zäune, hüteten ihre Geißen und gruben ihren Torf. Daher kommt das Volk der Knechte. —

Und Iring ging weiter und traf an der Straße ein Haus mit angelehnter Tür, da trat er hinein und fand am Herde ein fleißig geschäftiges Ehepaar; der Mann schnitt aus Holz eine Weberstange, die erst am Feuer gehärtet war, sein Bart war gepflegt, sein Haar wohl gescheitelt, knapp lag die Kleidung dem Körper an. Die Frau daneben schwang den Rocken und zog den Faden und spann so fort, um den Scheitel ein Kopftuch, ein Mieder am Busen, den Hals verhüllt, mit Achselspangen. So hielten dort Aetti und Oma (Afi und Amma) Haus. Als Iring mit ihnen den Tisch geteilt, wiederum ging er dann mit ihnen schlafen und ruhte inmitten des Ehepaares; wiederum zog er dann weiter des Weges, wiederum gingen neun Monde dahin und wieder gebar dann Oma ein Kind: mit Wasser genetzt, in Windeln gebunden, mit roten Wangen und hellen Augen, ein wackeres Kerlchen, Karl genannt. Der wuchs heran, gedieh vortrefflich, lernte bald Stiere zähmen, und zimmern Wagen und Pflüge und alles Geräte, was in Haus und Hof vonnöten war. Da fuhr eines Tages die Braut in den Hof, in wollenem Kleide, mit gutem Leinen, Schlüssel am Bunde, Karls Verlobte, mit Namen „Schnur" (Snör). Sie wechselten Ringe und breiteten Betten, bauten ihr Haus und lebten mitsammen. Auch hatten sie Kinder, Söhne und Töchter, tüchtig erzogen und wohl genährt. Von denen kommt der Bauernstand. –

Und weiter ging Iring und traf einen Saal, die südliche Pforte mit Ringen verschlossen. Doch trat er ein und fand einen Estrich mit Decken belegt, da saßen zwei Leute, die sahen sich in die Augen und spielten mit den Fingern. Vater und Mutter nannten sie sich. Der Hausherr begann einen Bogen zu spannen, während die Hausfrau ihre Arme besah und ihre Kleider in Ordnung brachte. Sie trug einen Schleier und Busenschmuck, eine lange Schleppe am seidenen Rock, und Hals und Brust waren weißer als Schnee. – Auch hier setzte Iring sich zwischen beide und führte mit ihnen ein höflich Gespräch. Dann holte Mutter ein gesticktes Tuch von weißem Linnen, den Tisch zu decken, und legte feine Scheiben von Weißbrot neben die silbernen Schüsseln voll Speck und gebratenem Geflügel, dazu kam Wein, aus Kannen in wertvolle Kelche geschenkt. Und sie tranken und plauderten, bis der Tag sich neigte. Da ging Iring wieder zur Ruhe, wieder drei Nächte lang schlief er bei ihnen, wieder wanderte er dann weiter, und wieder vergingen neun Monde seitdem: der Sohn, den Mutter gebar, mit Wasser genetzt in Seide band, mit blondem Haar und blühenden Wangen, Schlangenblick in den hellen Augen, der schöne Knabe ward „Jarl" genannt. In heimischer Halle wuchs er auf, lernte spitze Pfeile schärfen, Sehnen binden, Bogen spannen, Spieße werfen, Schwerter schwingen, Hengste reiten, Hunde hetzen, schildbedeckt den Sund durchschwimmen. Iring, der Wanderer, besuchte ihn häufig, er ward ihm Lehrer und nannte ihn Sohn, riet ihm Edelgüter erwerben, Edelgüter für Alterszeit. Das tat der Jüngling, zur Nacht ritt er aus, durch rauhes Gebirge bis vor die Halle, die seinem kühnen Sinn gefiel. Da hob er den Schild, da schwang er den Speer, da zückt' er das Schwert, und das Roß sprang an, der Kampf begann, das Feld ward rot, die Wal ward vollendet, das Land war sein. Nun zog er ein in die Menge der Hallen, allen Gefährten gönnt' er vom Gute, Rosse und Ringe vergab er mit Freuden und teilte die Stücke nach Tat und Verdienst. – Und einmal so kam, von Edlen geleitet, mit strahlendem Antlitz zur Halle gefahren eine Maid mit dem adeligen Namen: Erna. Da gab's eine Freite, da gab's eine Freude! Die reichgewandete, reizende Braut vermählte sich gern dem mannlichen Gatten, sie lebten mitsammen und liebten sich sehr. Fort blühte ihr Stamm ins fernste Alter, denn daher artet der Edlen Geschlecht. –

Von ihm singen die Heldensagen. –

Nach Völuspâ und Rigsmâl.

Heldensagen der Edda

1. Wieland der Schmied

Im Gebiete des Schwedenkönigs Ninud lag ein Waldtal, Wolfsgrund geheißen. Dort wohnten drei Brüder aus Finnenland, Eigel — der war ein vorzüglicher Schütz — Schlagfieder, kühner Seefahrt kundig, und Wieland, der kunstreichste Schmied, den man jemals gekannt hat. Eines Abends, da schon die Sonne sank, gingen die drei Brüder im Walde heimwärts und kamen auf dem Wege an einen See, der war den Walgöttern heilig. Wie sie nun auf das hohe Ufer traten, erblickten sie drunten in dem goldigen Spiegel des Wassers das Bild dreier Mädchen. Eilig niedersteigend sahen sie bald auch die Schönen selbst am Strande gelagert und noch in der späten Stunde mit Spinnen beschäftigt. Es waren Schwanenjungfrauen, schicksalkundige Mädchen. Ihre Schwanenhemden aber, die sie weit aus dem Südland durch die Luft daher getragen, die hatten sie hinter sich abgelegt; silberweiß glänzte das helle Gefieder auf dem dunklen Waldgrund. Da waren die Brüder schnell bei der Hand, nahmen die Gewänder leise hinweg, daß sie nimmer entfliehen konnten, und fingen sich die machtlosen Spinnerinnen, froh ihrer köstlichen Beute. Die Sonne versank und Nacht verhüllte See und Wald; da trugen die Männer ihre traurigen Bräute auf starken Armen in den Wolfsgrund nach Haus. Eigel nahm sich die Gundlada und vergaß bei ihr seine Jagd; Schlagfieder freite die Schwanweiß und fuhr nie mehr über See; Allweiß ward des Wieland Weib, der schuf ihr fleißig den schönsten Schmuck. –

Jahrelang lebten sie so miteinander und lernten sich lieben. Niemals aber können Schwanenjungfrauen ihre himmlische Heimat vergessen: in aller süßen Menschenminne bleibt ihnen das Sehnen nach Walvaters wehrlichem Dienst tief im mutigen Herzen lebendig. Nach dreien Jahren kam Kriegslärm von Osten her über den Wald – da ließ sich Gundlada nicht länger halten; ihr Schwanenhemd nahm sie sich über Nacht und flog dem Morgen zu. Als Eigel erwachte und sie nicht fand, machte er sich eilends auf, sie zu suchen, sie heimzuholen und kehrte nicht wieder. – Nach sieben Jahren kam Kriegslärm von Westen her über den Wald – und da vermochte Schwanweiß nicht länger zu säumen: sie nahm in der Dämmerung ihr Hemd und flog von dannen in den Abend hinein. Schlagfieder hatte einen Trunk getan und merkte kein Unheil; als er sich aber betrogen sah, machte er sich alsbald auf den Weg, Schwanweiß zu suchen – und kehrte nicht wieder. – „Willst du mich auch verlassen?“ frug Wieland die Allweiß. „Verschließe mein Schwanenkleid,“ sprach sie ernst, „und einen Siegesring hänge davor – dann magst du sicher sein, — ich bin es nicht, wie sehr ich dich liebe!" Das tat Wieland, und sie lebten glücklich ein ganzes Jahr. Im neunten Jahre kam Kriegslärm von Süden her über den Wald. Da verzehrte sich Allweiß in heißem Sehnen nach Walvaters wehrlichem Dienst. Wieland sah es und sagte zu ihr: „Allweiß, wie möcht' ich glücklich sein, wenn du mir hier in Kummer vergehst? Versprich mir, daß du mir wiederkehrst, und ich leihe dir heute noch dein Schwanenhemd." „Das versprech' ich dir, daß ich wiederkehre," erwiderte Allweiß mit hoher Freude, „aber was wirst du tun, sag' mir, müßte ich dann abermals dir entfliehen?" „Dann" — sprach Wieland mit lachendem Mute —, „dann hol' ich dich wieder, und wär's aus der Luft!" — Und Allweiß küßte den kühnen Geliebten, hüllte sich das Federgewand um die schönen Schultern und festigte es über der Brust mit dem Siegesringe. So schwang sie sich in die Lüfte und schwand im Fluge gen Mittag dahin. —

Wieland blieb einsam im Wolfsgrund zurück und harrte ihrer Wiederkehr. Es währte lange: er schmiedete nicht mehr Schmuck, nur wehrliche Waffen; wo Kämpfe brannten, sollten die tüchtig helfen, den Streit zu beenden, daß die Schwanenjungfrauen nicht länger verweilen müßten, Männer zu holen in Walvaters Heldensaal. Müde ward Wieland von langer Arbeit; er schlummerte fest und es war ihm im Traum, als wäre Allweiß wiedergekommen und ruhte traulich an seiner Seite. Wie er erwachte, sah er das Lager leer, doch wunderbar war's: dort, wo das Schwanenhemd einst verschlossen lag, goldig im Morgenlicht glänzend, hing, den er Allweiß gegeben: der Siegesring! „So war sie doch bei mir! Sie hat ihr Versprechen gehalten. Entflog sie mir wieder, halt' ich das meine ihr auch. Den Siegesring hab' ich – es fehlen mir nur noch die Flügel. Allweiß' goldener Gruß gibt mir die große Kraft. Wart' nur, du treuer Flüchtling, ich hole dich mir aus der Luft!" Vorsorglich aber, daß niemand ihm den Ring etwa stehle, schuf er vor allem ihrer noch neunundneunzig und hängte die hundert alle an einem Bast in seiner Schmiede auf; die schimmerten, wenn er das Feuer schürte, wie die hellen Sterne in dunkler Nacht, und keiner hätte sagen können, welcher von den Sternen der Siegspender sei. –

Daß Wieland den Siegesring habe, war ruchbar geworden am Königshofe. Was bliebe dort verborgen, wo alle Gespräche des

Landes sich sammeln, dem Fürsten zu schmeicheln? Nidud entbrannte in wildem Verlangen nach so köstlichem Gute. Sein Weib war zauberkundig, und wie sie vernahm, daß in Wielands Schmiede hundert ganz gleiche Ringe hingen, einer davon aber wäre der Siegesring, für niemanden kenntlich, da sprach sie zu Nidud: „Gehst du zum schlauen Schmiede, zu sehen, was Waffen er schafft, nimm mich mit! Ich glaube, ich werde dir nützen können, wenn du die hundert Ringe musterst.“ Nidud verstand und machte sich auf, am lichten Tage, Wielands Waffen zu prüfen. Die Königin ging mit ihm und großes Gefolge. Seine Waffen wies der Schmied dem Fürsten nicht ungern, der sie weidlich lobte und um das beste der Schwerter mit Eifer feilschte. Inzwischen zählte die Königin mit Zauberblick die hängenden Ringe, bis sie den Zauberring unter den anderen erkannte. „Gib dem Meister, was er verlangt: die Nacht naht, wir müssen zum Hofe eilen.“ Und so geschah's; doch in derselben Nacht, als Wieland schlief, schlichen sich wiederum Gäste heran, dunkel verkappt, tückisch bewehrt, brachen ein in die stille Schmiede — und als der Schläfer erwacht, sieht er im Flammenschein bösen Brandes von fremden

Gestalten sich drohend umringt – will aufspringen, sich wehren – und fühlt sich gefesselt; um Arm und Beine schlingen sich harte Ketten, über die Augen geworfen fällt eine schwarze Hülle, fortgerissen von rauhen Händen wankt der Gefangene, blind, mit machtlosen Flüchen elend dahin. – Er findet sich wieder, geknebelt zu Boden gestreckt, an Niduds Hofe; und der König steht vor ihm, grimmig lachend: „Willkommen, Wieland, an Niduds Hof! Fordere ich mehr der Schwerter von deiner Kunst, auch hier magst du schmieden. Heute nacht fand ich genug bei dir und goldene Ringe, soviel ich wollte." „Schändlicher Räuber!" hub Wieland an – da fuhr ihm der König zornig in die Rede: „Du selbst bist der Räuber, und dies deine Strafe! Sprich, woher hast du das Gold dir gewonnen, um deine roten Ringe dir zu schaffen, alle die hundert an einem Bast? War's nicht mein Grund, nicht Niduds eigenes Land, woraus du Listiger das Gold dir gegraben hast?" „Mitnichten, König!" rief Wieland, „für das Gold meiner Ringe bedurft' ich wahrlich nicht deines ärmlichen Grundes. Ja, wärest du hier an den Ufern des Rheins, dann möchtest du eher mit deinem Golde prahlen. Aus dem Rheingold schuf Walvater den Schwanenring.“ „Geheimnisvoll sprichst du, willst mich wohl täuschen?“ Und Nidud zog sich vom Finger einen Goldreif: „Meinst du etwa diesen? Unter hunderten hab’ ich den einen gewählt, nach eines klugen Weibes Rate. Doch wär’ er aus Rheingold von Göttern geschaffen, sieh her, wie Nidud, der Schwedenkönig, ihn seiner Tochter zum Spiel schenkt!“ Damit warf er den Goldreif lachend der Bödwild, seiner Tochter, zu. Wieland verfolgte ihn mit glühenden Blicken: er wußt’ es sicher, er fühlt’ es an Niduds Hohnwort: es war Allweißens Siegesring! – „Siehst du seine Augen?“ raunte die Königin in Niduds Ohr, „wie sie nach dem Golde gieren! Soll er dir schmieden, mußt du die Fesseln ihm lösen. Wie hütest du dich dann vor des Schlauen Tücke? Ich rate dir, laß ihm die Füße lähmen und schaff’ ihn an einen fernen Ort.“ Das deuchte dem König eine gute Rede und er befahl die abscheuliche Tat. Dem überwältigten Wieland wurden die Sehnen an beiden Füßen zerschnitten, daß er sich nimmer vom Fleck zu bewegen vermochte, und also nun erst völlig gefesselt ward er in eine einsame Schmiedestatt am Strande des Meeres festgesetzt. –

Da saß nun Wieland, von allen verlassen, in seiner tiefsten Not und sann auf Rache und Freiheit. Nicht tatenlos. Er wirkte köstliche Kleinode, sandte sie an den Hof und täuschte den König, der meinte: „Nun ist mir Wieland zahm und ein fleißiger Arbeiter worden!“ Der aber hatte noch ein gar anderes Werk im Sinn. Nicht nur bei Nidud weilten seine düsteren Gedanken; hellglühende Wünsche flogen in die fernen Höhen zur Allweiß. „Einst hatt' ich den Siegesring, da fehlten mir die Flügel; nun will ich die Flügel mir schaffen, da fehlt mir der Siegesstein!“ Doch ohne zu rasten blieb er beim Werke seiner großen Not, davon keiner wußte. Seiner Kleinode Glanz blendete die Leute; die jungen Söhne des Königs selber trieb brennende Neugier nach Wielands Kunst und Gewirk. Sie entliefen heimlich dem Hofe und kamen auf dunklen Wegen durch schwarzen Wald bis zu der einsamen Schmiede. Dort nahmen sie sich den Mut und baten den lahmen Mann um einen Blick in seine goldenen Schätze. Eine mächtige Truhe wies er den Knaben, die stand im Winkel, bis zum Rande mit Gold und edlen Steinen gefüllt; Wieland selbst hob den schweren Deckel empor, und gierig lugten die

Kinder mit vorgestreckten Hälsen hinein. Nieder schlug der eiserne Deckel, die Köpfe der Königssöhne lagen beim Golde, das sie verlockt. Sie kehrten nimmer nach Hause; nur zwei köstlich geschmückte Schalen sandte der Schmied dem ahnungslosen Elternpaar, die waren aus den Schädeln der Knaben geformt. Die Kinder blieben verloren! — Das war Wielands erste Rache.

Die andere ließ nicht lange auf sich warten. Sie kam ihm wie ein Wunder in seiner einsamen Not: Bödwild, die schöne Königstochter, besuchte den Schmied, scheu, zaghaft, und doch unwiderstehlich getrieben vom heimlichen Wunsche, den soviel leidenden heldischen Mann zu schauen und zu sprechen. Allzulange, deuchte sie, war ihr kein Vorwand gegeben; da fand sie selber, was ihr Schicksal ward: den Siegesring in ihrer Hand brach sie gewaltsam in zwei Stücke; damit nun ging sie in Wielands Schmiede und bat ihn, den einzigen, der es vermöchte, den kostbaren Reif wiederherzustellen. Wie lachte Wieland das Herz, da er den Ring erblickte! Schier lieb war ihm die Maid, die ihm dazu verhalf — doch war sie Niduds Kind — seiner Rache verfallen. Während er an die Arbeit ging, genoß sie von einem kühlen Trank,

den er ihr gastlich geboten. Betäubt vom duftenden Safte wußte sie nimmer, was ihr geschah. Nur wie zu mächtiger Minne entflammt empfand sie ihr dunkles Fühlen für ihn, dem sie im Taumel der Stunde ohnmächtig zu eigen ward. Ohne den Ring, doch in seliger Betäubung schied sie von der Stätte und kehrte zum Hofe wie träumend heim. —

Nun hatte Wieland den Siegesring, nun war ihm sein großes Werk geglückt. Schon lagen, nach Vogelflug weise gemeistert, die mächtigen Flügel bereit; der Ring beschloß ihr Wundergebilde und gab ihm die Zauberkraft zum Flug in die himmlischen Höhen, wo Allweiß des Geliebten harrte. Er wußte es wohl, in all seiner tiefsten Not hatte er nie den Glauben verloren: „Es muß mir gelingen, weil Allweiß wartet!" So schweißten ihm Not und Glaube das Kunstwerk, und mit den Flügeln an seinen Schultern gewaltig schwang sich der Lahme empor in die Luft, in die Freiheit! — Schimmernd im Lichte des siegreichen Tages am blauen Himmel schwebte das Wunder hoch über Niduds Königshof. Wie staunten sie alle, begriffen nicht, was sie sahen. „Wieland fliegt in den Lüften!" Entsetzt schrie es die Königin, und der König starrte in dumpfem Zorne zu dem Entflohenen empor. Aus der Höhe aber rief ihnen Wieland hinab: „Vollbracht ist die Rache! Deine Söhne, Nidud, liegen bei mir erschlagen, aus ihren Schädeln trinkt ihr euch Mut! Deine Tochter kam zu mir, und trägt meinen Erben; der wird einst auch Niduds

Erbe sein. Den Siegesstein hab' ich – die Flügel tragen den Freien hinauf zu Walvaters Schwanenmaid! Allweiß zu dir! So schwand Wieland in die leuchtenden Wolken. – Da die Königin ihren Zauber ohnmächtig sah, sank sie leblos nieder. Verzweifelt rief Nidud nach seinem einzigen Kinde: „Ist's Wahrheit, Bödwild, hast du bei Wieland geweilt?" „Wahrheit ist's, ich habe bei Wieland geweilt. Den Siegesstein bracht' ich – einen Minnetrunk trank ich – ich konnte nicht – ich wollte ihm nicht widerstehen!" So sah sich Nidud um alles betrogen und stürzte sich selbst in das Wielandsschwert.

Bödwild aber gebar den Wittich, der ward ein hochberühmter Held, und viele Sagen singen von Wielands Sohn.

Nach Völundharkvidha.

2. Helgi Hjörwardsohn

König Hjörward der Norweger hatte sich gelobt, die schönste aller Frauen solle sein Weib sein. Die Leute sprachen, das sei sicherlich Sigurlind, des Königs Swafner Tochter. So sandte Hjörward seinen treusten Diener, den Atli, auf Werbung um die schönste Frau. Als Atli unterwegs durch den Wald ritt, hörte er einen Vogel über sich in den Zweigen singen und vernahm im Gesange den Namen der Sigurlind. „Willst du mir reden, du kluger Vogel, so sage mir: Gewinne ich meinem Herrn die Sigurlind zur Braut?“ „Wenn du mir opferst, was ich verlange“, sprach der Vogel. „Verlange, was du willst, nur nicht des Königs Haupt, noch seine Frau und seine Kinder.“ „Ein Heiligtum will ich haben am Königshof und goldgezäumte Herden von des Königs Gut, wenn Sigurlind sich deinem Herrn vermählt.“ Danach ritt Atli weiter und kam zu König Swafner, der begastete ihn reichlich und behielt ihn lange Zeit bei sich; aber da waren neidische Jarle am Hof, die rieten dem Fürsten, daß er seine Tochter nicht dem Norweger gebe. So zog Atli unverrichtetersache heimwärts. „Schwer ging die Fahrt,“ berichtete er dem König, „über steile Berge keuchten die Rosse, durch schlimme Moore mußten sie waten, und nach aller Not, was war der Lohn? Swafners Tochter ward uns verweigert, wir kehren ohne die Schönste nach Haus!“ Aber Hjörward gab nicht Ruhe; er befahl eine neue Fahrt und zog selber mit, wenn es nicht anders gelingen wollte, mit kriegerischer Gewalt die Braut zu gewinnen. Als sie durch den Wald kamen, saß da wieder der Vogel in den Zweigen, der sollte wohl wachen, aber er schlief. „Unser Versprechen bindet uns nimmer“, rief Atli und warf seinen Speer nach ihm, daß er tot vom Baume fiel: das war kein gutes Zeichen, denn es war ein Folgegeist des Königs gewesen. Wie sie näher ritten zu des Königs Swafner Lande, sahen sie dort einen großen Brand und Staub von Rossen und bewehrten Haufen. Es war Krieg im Lande. Ein anderer Freier, der Hrodmar hieß, hatte Swafners Weigerung so böse entgolten, den König erschlagen und sein Land verheert. Hjörward kam eben zur rechten Zeit, dem Hrodmar die schöne Beute abzujagen und Sigurlind mit sich heimzuführen. So ward Sigurlind dennoch Hjörwards Weib.—

Das Königspaar hatte einen großen und schönen Sohn, aber er war stumm, und so bekam er auch keinen Namen. Eines Tages, als er auf einem Hügel saß und über das Meer schaute, sah er durch die Luft neun Walküren reiten, und die in der Schar am herrlichsten geschmückt erschien, die rief dem Jüngling: „Helgi! Wenn du so lange schweigst, wird dein mutiger Sinn zu spät die Heldenschaft dir gewinnen über goldenes Gut und leuchtendes Land!“ „O du Maid mit den strahlenden Augen!“ so sprangen die Worte von den Lippen des Stummen: „Du gibst mir den Namen Helgi? Bedenke es wohl, was du mit dem Gruße mir schenkst: den Namen nehm’ ich nur an mit dir!“ – Da sprach die Walküre: „Im Siegerholm weiß ich der Schwerter viele, eines aber ist besser als alle: am Hefte einen Ring, Mut in der Klinge, an der Spitze Schrecken, einen Blutwurm im Eisen, so sollst du die goldige Schlange führen wider die Schilde feindlicher Heere, ich aber, Swawa, Eylimis Kind, ich werde dich schirmen in allen Schlachten: ich gab dir den Namen, ich stehe zu dir.“ –

Seit der Zeit ging Helgis Verlangen auf Heldenfahrt und Siegesruhm. Er schalt seinen Vater, daß er unnützen Streit geführt und die Sühne für Swafners Tod an Hrodmar solange versäumte. Da ließ Hjörward den Sohn auf die Rachefahrt ausziehen; Helgi aber suchte und fand das Schwert, das ihm Swawa verheißen hatte, und fällte Hrodmar in siegreicher Schlacht. Danach vollbrachte er manch kühne Tat, und Swawa, die Walküre, stand bei ihm. Ruhmreich trat er vor König Eylimi und bat ihn um seine

Tochter. Der verweigerte sie dem Helden nicht; sie schwuren sich Eide und lebten fürder mitsammen in großer Liebe. Zog Helgi auf Kriegsfahrt aus, so ließ er Swawa in ihres Vaters Hut. – König Hjörward hatte noch einen Sohn, der war von einer anderen Frau und hieß Hedin. Dieser neidete dem Bruder das herrliche Weib; er trug im Herzen selber Verlangen nach Swawa. Am Julabend ging er einsam mit seinen Wünschen im Walde; da begegnete ihm ein Zauberweib auf einem Wolfe mit Schlangenzäumen, das bot sich ihm an als Folgegeist, er aber schauderte sich vor ihr und wies sie ab. Im Zorne bedrohte ihn das Weib und rief: „Das sollst du mir büßen bei Bragis Becher!" – Und als nun am selben Abend beim Sühneber die Becher geleert und Gelübde gesprochen wurden, da gelobte sich Hedin in trunkenem Sinne seines Bruders geliebtes Weib zu eigen. Hernach gereute ihn dies so schwer, daß er davonging, wilde Wege, in südliches Land; dort traf er seinen Bruder Helgi, der freute sich ihn zu sehen und Nachricht zu erhalten aus der nordischen Heimat, von der er schon lange geschieden war. Hedin aber sprach in großer Kümmernis: „Ein furchtbares Unheil trieb mich daher – mich selbst

betraf es — andern droht es: ich habe bei Bragis Becher mir selbst die Königstochter zu eigen gelobt — Swawa, meines Bruders Weib!“ — Traurig erwiderte Helgi: „Nicht sorge dich, Hedin, um ungewollte Schuld. Ich weiß es: dich suchte ein Folgegeist auf, der mich verlassen und dunkles Ahnen mir weckte, daß mein Los mir gefallen sei. Ein Held entbietet mich zum Kampf auf das Siegeseiland. Alf ist's, des Hrodmar Sohn, der ruft mich zur Vatersrache. Kehr' ich nicht wieder, so mag auch dir das Schicksal noch hold sein!" Hedin konnte es gar nicht fassen, wie Helgi als milder Freund ihn ehrte, der ihm so Böses gesonnen hatte. Aber Helgi sprach weiter: „Laß mich besiegt sein, sei du der Sieger! Geh hin zu Swawa und hole sie eilends her auf das Siegeseiland zu Helgis Fall. Die Walvaters Schildmaid war, soll mich segnen, eh' ich mich Walhalls Helden geselle." Hedin ritt schnell hinüber in Eylimis Land; Helgi aber traf sich mit Alf in der Morgenfrühe am Wolfstein zum Kampfe. Verzweifelt stritten sie beide, bis aus zehn tödlichen Wunden blutend der kühne Held, der Sirgulind Sohn, auf die Walstatt sank. So fand ihn Swawa. „Heil dir, mein Weib!" begrüßte sie Helgi. „Meine Wunden bluten, dem Herzen zu nahe kam mir des Feindes Eisen. Bezwinge dein Leid, wir sehen uns beide zum letzten Male, und meine letzten Worte vernimm: dem Bruder lass' ich dich Edle zurück, ihn löse deine Liebe von drückendem Leide. Beglücke Hedin und segne Helgi, ehe er sich Walhalls Helden gesellt!" — Da sagte Swawa: „Als du den Ring mir reichtest, hatt' ich mich dir gelobt. Nie einem anderen werd' ich gehören. Vereinigt sind wir für Leben und Tod!" — Und Helgi starb in ihren Armen. Ehe Swawa dem Geliebten folgte, kam Hedin vom Kampfe mit ernster Kunde: „Gerächt ist Helgi, Alf liegt erschlagen. Nun gib mir, Swawa, den Scheidekuß! Einsam geh' ich auf fernen Wegen. Nie sollst du Hedin wiedersehn."

Nach Helgakvidha I.

3. Helgi der Hundingstöter

In den alten Zeiten, da noch die Adler sangen und von den Himmelsbergen heilige Wasser rannen, geschah es, daß dem Könige Siegmund vom Wälsungenstamme seine Gattin Borghild von Bralund einen Sohn gebar, der ward Helgi genannt. Und es kamen nächtens die Nornen in des Königs Hof, dem jungen Edeling das Schicksal zu weben, auf daß er dereinst Sieger werden möge über alle Burgen der Lande und herrliche Heldentaten verrichte. Mächtig schlangen sie ihre goldenen Fäden und warfen sie im Mondenschein nach Ost und nach West rings um des Königs Gebiet; ja nordwärts auch wob eine der mächtigen Schwestern den Wunsch, daß der Faden nicht reiße. –

Bedenklich nur deuchte es die Eltern des wonnigen Kleinen, daß droben im Wipfel des Baumes über des Saales Dach ein hungriger Rabe zum anderen sprach: „Ich weiß etwas: eine kurze Stunde steht gewappnet Siegmunds Sohn; dann kommt unser Tag! Seine Augen glänzen in Kampfeslust – es freuen sich Wölfe und Raben!“ – Das Volk aber sah in dem jungen Herrn eine glückliche Zeit gekommen. Der König selber ließ die Waffen ruhn und weihte dem lieben Sprößling mit dem heiligen Kraute reiche Sitze im friedlichen Land. – So wuchs Helgi in der Hut der guten Freunde prächtig heran und lernte früh durch goldene Gaben aus dem Königshorte sich Liebe und Treue erwerben für künftige Heldenfahrten. Denn dem Wälsungengeschlechte lebte ein alter Feind, das war Hunding, ein großer Kriegsherr mit vielen starken Söhnen. Der ließ nicht ab, des Siegmund ruhiges Land zu bedrohen und ihm Leute zu schlagen; daraus entstand immer neuer Streit. Den jungen Helgi lockte es gar sehr mit eigenen Augen zu sehen, was die Feinde wider die Wälsungen Schlimmes im Schilde führten; so verkleidete er sich in schlichte Gewande und kam heimlich und unerkannt auf Hundings Hof. Ein Hirtenknabe aber hatte gesehen, woher der Fremdling gekommen war; und bald ward es ruchbar bei den Hundingen, daß einer vom Wälsungenhofe in ihrer Mitte sei. Da wußte sich Helgi nicht anders zu bergen, als indem er Magdkleider anzog und sich zu den anderen Mägden in die Mühle stellte, wo sie Korn mahlten für einen großen Kriegszug. Denn die Gebiete umher waren schier ausgeraubt. Eine Schlaue aber von der Hundinge Gesinde meinte: „Schaut doch! So scharfe Augen hat keines Knechtes Kind! Da steht wohl ein Königsspross mit an der Mühle? Dem ziemte auch besser ein Schwert in der Hand als eine elende Körnerquere!“ Helgi aber machte einen Scherz daraus und sprach mit Lachen: „Wird's wohl gar eine Schildmaid sein, die Helgi sich aus den Wolken geholt und euch hierhergeschickt hat, um das Mehl euch zu mahlen?" Und die Mägde lachten und ließen die fremde Gehilfin nach einer Weile ruhig ziehen. —

Nun gönnte auch König Siegmund dem kühnen Sohn den ersten Kampf; und es währte nicht lange, da hatte der Jüngling von fünfzehn Jahren den gefährlichsten Feind, den Hunding selber, schon siegreich gefällt und hieß seitdem „Helgi der Hundingstöter". Jetzt ward aus dem Scherze ein hoher Ernst. Denn als Helgi mit seinen Genossen bei den Schiffen am Strande ruhte und ein rasches Mahl bereitet ward, so gut es eben zu schaffen war, da ritt eine Maid heran, wundersam durch Luft und Meer, das war Siegrun, des Königs Högni Tochter, und war eine Walküre. Auch ward gesagt, in ihr sei die Swawa wiedergeboren. Diese kam nun zu Helgis Schiffen und rief ihn an: „Wer ist hier gelandet? Woher des Weges? Wie heißt eure Heimat? Worauf wird gewartet? Wo wollt ihr hin?" Helgi wollte prüfen, wieviel sie wisse, und nannte sich Hamal von Seeholm, der warte auf guten

Wind, nach Osten zu fahren. Und Siegrun frug weiter: „Deine Waffen sind ja von Blut noch frisch bespritzt, und ein eiliges Mahl habt ihr euch hier bereitet. Aus dem Kampfe kommt ihr, das sehe ich wohl: den Schildmaiden habt ihr Freude gemacht. Du sag' mir's, wo war das?" — Noch scherzte Helgi: „Auf Bärenjagd war ich, westlich vom Sunde, und willst du's denn wissen, was du nicht weißt: ein Wölfing bin ich, den kümmert es wenig, welch ein Jagdmahl er hat." Nun aber sagte ihm Siegrun offen: „Was willst du's bestreiten: ein Wälsung bist du, und Helgi hat eben den Hunding besiegt. Ihr hattet den Mord der Genossen zu rächen; daher sind eure Schwerter so rot." — „Wie weißt du's, du Kluge," rief Helgi, „wer die Rächer gewesen? Gibt's doch in der Welt der Kriege genug, und überall ist eine Meintat zu sühnen." — „Ich war dir nicht fern," erwiderte Siegrun, „mitten im Kampfe bracht' ich dir manchen zu Fall. Dann sah ich dich auch auf dem Schiffe am Steuer stehn, wie du blutend aus frischen Wunden durch die kalten Wogen fuhrst. Wie schlau möchte Siegmunds Sohn vor mir geheimtun? Doch Högnis Tochter kennt ihn besser!" —

Seit jenem Tage blieb Siegrun dem Helgi treu und schirmte ihn als Schildmaid auf mancher Kriegsfahrt. Denn solche fanden kein Ende, da Hundings viele starke Söhne auf Vatersrache wider ihn zogen. Da gab es Streit über Streit, bis es zum letzten kam. Den hatte Helgi allein auszufechten mit Alf und Eyolf, den jüngsten und letzten vom ganzen Hundingsgeschlechte. Wie er nun von schwerem Kampfe ruhend am Aarstein saß, brach plötzlich ein Glanz durch die Wolken wie Wetterleuchten, Speere blitzten, Brünnen funkelten, Walküren sprengten feurig durch die Lüfte! „Hei!“ riefen Helgis wakkere Kämpen den Schönen zu, „kommt ihr mit uns die Nacht zu verweilen?!“ Da schwirrten die Bogensehnen der Mädchen. Siegrun aber, an der Spitze der reisigen Schar, gebot alsbald Frieden zu halten: „Anderes haben wir hier zu schaffen, als mit Helden zu scherzen!“ und eilte herab und sprang vom Rosse und grüßte und küßte Helgi unter dem Helm in großer Erregung: „Wisse es, Helgi, warum ich so spät dich suche: mein Vater hat seine Tochter vor allem Volke dem Hödbrod verlobt, dem Granmarsohn, mein Sinn aber stand nach anderem Manne, und ich sagte dem Freier:

er sei mir so lieb wie Freias Katze. Des Vaters Freude hab' ich verdorben, zürnend bald setzt er der Flüchtigen nach. Nun schirme mich du, die dich heute nicht schirmte – sei's auf der Walstatt – sei es – durch Raub!" –

Zu hoher Minne entbrannte Helgis Herz für die herrliche Maid, die so sehr ihn liebte, noch bevor sie ihn sah, und tröstend sprach er zu ihr: „Fürchte nicht deiner Sippen Zorn! Jetzt gehörst du zu mir, und solange mir Leben vergönnt, stehe ich für dich in jedem Kampf." Danach sandte er Boten nach allen Seiten, über Land und Meer, mit goldenen Gaben, um Männer zu werben wider Hödbrods und Högnis drohende Rache. Und sie kamen alle eilends herbei, auf feurigen Rossen, auf flinken Schiffen, von allen Seiten, über Land und Meer, wohin er sie rufen ließ, viel hundert Kämpen, daß einer zum anderen staunend sprach: „Was für eine Heerfahrt will dies werden? Wer zählt die Scharen hier am Sund, und die noch vom Hochland dem Fürsten folgen?! Heida! Käm' es nur erst zum Kampf!" Eine Nacht noch ruhte das Heer bei den Schiffen; dann erhoben sich alle im Morgengrauen, seilten die Segel auf, lösten die Ketten, die Ruder klangen, die Schilde sangen, wie die wehrhaften

Männer auf den Ruderbänken mitsammen saßen, und mit dem Winde rauschten die

Schiffe vom Lande weit in die Flut hinaus. Da meinten es übel die Ogerstöchter, die Wellenmädchen, zürnten der Störung in ihrem Bereich, brausten auf schäumenden Rossen heran und schlugen gewaltig gegen die Kiele, als wollte die Brandung Felsen zerbrechen. Doch aus den Wolken über den tobenden Wogen flog Siegrun herab und entriß mit heiliger Kraft die Schiffe des Königs den Händen der wütenden Flutengeister. So zogen sie schwebend auf ruhiger See in der Abendstille dem feindlichen Strande zu. Vom Warthügel dort erspähte sie Hödbrods Wächter, und rasch begab er sich auf Kundschaft hinunter, wo die Wälsungen gerade die Segel einzogen, und Helgis Stiefbruder Sinfiötli, der Signy Sohn, den rotgoldenen Heerschild an den Mastbaum band. Gundmund der Wächter schrie hinüber und heischte Antwort: Wer solchen Gewalthaufens Führer sei? Sinfiötli rief schlagfertig zurück: „Wenn du heute abend die Schweine fütterst, magst du's erzählen: die Wölfinge sind von Osten gekommen und wollen nichts weiter als euer Leben!" Als Gundmund den Bruder Helgis erkannte, hub er arges Schelten an und höhnte frech den wilden Sproß der Geschwister Siegmund und Signy, der einst mit dem Vater in Wolfsgestalt — so melden die Sagen — die Wälder durchstreifte, bis sie Siggeir, den Gatten der Signy, und ihr ganzes Geschlecht erschlagen hatten. Nicht still blieb Sinfiötli auf solche Rede, gab sie tobend zurück, mit scharfen Streichen gewandter Zunge, und ein Lärmen durchschallte den Abend am Strande, bis Helgi machtvoll dazwischentrat und den Bruder ermahnte: „Besser tätest du, Waffen zu führen, als Worte zu wechseln mit unsern Feinden! Ich kenne sie wohl als tüchtige Kämpen, und bald, so denk' ich — das melde nur, Gundmund! — wollen wir uns am Wolfstein messen." Eilig kehrte der Wächter an Hödbrods Hof und brachte dem kampfbereit harrenden Fürsten vom Nahen der Feinde gewisse Kunde: „Schon liegen die Schiffe der Wölfinge schimmernd von Schilden im Felsenhafen; all seine Mannen hat Helgi beisammen und schwerlich läßt er noch auf sich warten." — Hödbrod ließ die Rosse zäumen, Boten reiten, die Freunde berufen, vor allen Högni und seine Sippe, daß keiner daheim bleibe, keiner zaudere, dem Wälsungssohne im Kampfe zu stehen. Und sie trafen sich bald einander am Wolfstein und kämpften hart die ganze Nacht. Da war Helgi der Hundingstöter der erste von allen, wo Männer rangen; auf Kampf nur, nimmer auf Flucht bedacht, schlug ihm sein edles Königsherz, und wo immer der Schlachtsturm am heftigsten tobte, wo immer die Speere am dichtesten flogen: da war ihm zu Häupten die Schildmaid nahe und wies den Raben den Weg zur Wal. –

Alle Feinde waren gefallen oder geflohen bis auf einen, Dag, den jüngsten von Högnis Kindern; der schwur dem Sieger den Sühneeid und kehrte einsam heim, während Helgi die Walstatt hielt. Nun grüßte ihn Siegrun: „Heil dir, Helgi, du Männergebieter, göttlichen Stammes glücklicher Sproß! Den stärksten der Feinde hast du gefällt. Freu' dich des Sieges, freu' dich des Abends! Walte der Ringe und wahre die Maid! Högnis Kind ist dein geworden mit Erb und Eigen: zu Ende der Streit!" – Doch Helgi erwiderte ernst: „Nicht alles glückte! So haben es wohl die Nornen gewollt: am Wolfstein sank mit vielen Helden im gewaltigen Frühkampf auch Högni, dein Vater. Und ich bin's, der ihn erschlagen hat!" – Wohl weinte Siegrun, da sie dies hörte, doch als sie Helgi in seine Arme nahm und milder sprach: „Sei getrost, o Siegrun, du warst unsere Schildmaid, du weißt, was das Los der Helden ist," da sagte sie noch in Tränen: „Helgi, ich wünschte, die Männer wären am Leben — dir aber dürft' ich im Arme ruhn!" — Und Helgi vermählte sich ihr in seligem Bunde, dem ein Geschlecht von Söhnen entsproß; aber er selber ward nicht alt.

Dag opferte Odin um Vaterrache, und der waltende Gott lieh ihm den rächenden Speer. Mit ihm durchstieß er, im Walde lauernd, den arglosen Schwäher und brachte dann Siegrun selber die schreckliche Botschaft: „Ein schweres Leid, meine Schwester, hab' ich dir heut zu verkünden: im Walde gefallen ist der edelste aller Fürsten, der jemals anderen Männern gebot." — „So sollen die Eide dich selbst verzehren, die du heilig ihm schwurst, als er dich einzigen verschonte — um meinetwillen! Nicht fahre das Schiff, das unter dir fährt, wie günstig der Wind weht. Nicht renne das Roß, das unter dir rennt, wie jach dich der Feind jagt! Nicht schneide das Schwert, daß deine Hand schwingt, wenn es nicht dein Haupt trifft! Daß du den Wolfspfad trätest im wilden Holze, arm und elend, ein Leichenschwelg! Das wäre geringe Rache mir für Helgis Mord!" — Da Siegrun so wehdurchwütet zürnte und klagte, suchte der Bruder sie noch zu begüten: „Was wünschest du so Böses dem letzten von deinem Stamme? Odin war's, der Zwistrunen unter die Nahverwandten warf. Rote Ringe und Heiligtümer bietet der Bruder dir gern, die Hälfte der Heimat: da walte du reich und mächtig als Fürstin mit deinen Söhnen!" – Siegrun hörte ihn nicht mehr; sie wandte sich fort und ging, Helgi die Totenfeier zu rüsten. Da rühmten am Hügel, den sie dem Könige gehäuft, die Männer alle den herrlichen Helden: „Kein Größerer ragte in aller Welt, eine stolze Eiche über den Dornen! Vor dem Schreckenbringer flohn die Scharen wie furchtsame Geißen die Felsen hinab. Wie der Hirsch mit hochaufgerecktem Geweih die Tiere des Waldes überspringt, so schritt Helgi über die Helden dahin. Nun grüße ihn Odin in Asgards Burg und biete den Hochsitz dem Herrscher an!" So sangen die Männer; doch Siegrun sprach: „Nicht Tag noch Nacht mehr freut mich das Leben, bis nicht aus diesem Hügel ein Glanz bricht und des Helden goldgezäumtes Roß mir meinen König wiederbringt!" –

Eines Abends ging Siegruns Magd zu Helgis Grab. Da war ihr, als sähe sie mit einer großen Schar von reisigen Männern

den König um den Hügel reiten. Von Grauen ergriffen, schrie sie auf: „Ist's wahr? Ist's Wahn? Ist's der Götter Ende? Reiten die Toten und spornen die Tiere? Ist den Helden die Wiederkehr gegönnt?" Und sie vernahm deutlich Helgis Stimme: „Wahr ist's, nicht

Wahn, nicht der Götter Ende! Wohl reiten die Toten und spornen die Tiere, doch Wiederkehr ist den Helden versagt." Zu Siegrun lief die erschrockene Magd und sprach: „Ach, Herrin, geh hinaus zum Grab, wenn du den Gebieter zu schauen verlangst! Der Hügel ist offen, Helgi ist gekommen; die blutenden Wunden rufen nach dir, daß du die sehrenden Tropfen stillst!" Und Siegrun eilte zum Hügel und traf dort den Liebsten, als ob er lebte, und war doch tot! „O laß mich dich küssen in blutiger Brünne! Dein feuchtes Haar, deine eiskalte Hand! Ach, all deinen wunden Leib laß umarmen! Odins Raben beim Morgengrauen wittern die Toten der Wal nicht so froh, wie ich dich zu halten so selig bin! Du aber – dein Leiden – wie schaff' ich dir Buße?" „Du allein, Siegrun, hast dies getan, du hast den Helgi mit Blut betaut! Du Goldige, Sonnige, Schöne, du selber weinest allnächtlich die grausamen Tränen, die blutig und eiskalt niederträufeln auf deines Mannes Brust. Köstliche Tränke noch dürfen wir tun, ob wir auch Leben und Lande verloren; so soll uns keiner ein Klagelied singen über die Wunden in unserer Brust. Weine nicht, Siegrun, grüße die Stunde! Liebe Gesellen sind gekommen! Im Hügel bettet zu mir sich die Braut!" Darauf bereitete Siegrun im Grabe ein Lager und sprach: „Hier, mein Wölfing, ruh' auf dem Bette, sorgenlos, schmerzlos, ruhe und schlafe. Ich will dem Helden im Arme liegen, selig des Lebenden eingedenk!" „Nun seh' ich," rief Helgi, „nichts ist unmöglich! Die Königstochter, die lebende, lichte, sie ruht im Grab an des Toten Brust!" So weilten sie beide zusammen, bis der Morgen graute. Da erhob sich Helgi von Siegruns Seite: „Zeit ist's, die glühenden Wolkenwege gen Osten zu reiten, zur Himmelsbrücke, ehe noch Walhalls goldener Wächter droben die Scharen der Helden weckt!" — Sie schieden, und Helgi mit seinem Gefolge ritt wieder von dannen und schwand in den Wolken. Einsam ging Siegrun vom Hügel heim. Als der Abend nahte, gebot sie der Magd, dort zu wachen und ihrer zu warten; doch als sie dann im Dunkel zum Grabe kam, sprach die Magd zu ihr angstvoll: „Hoffe nicht mehr auf deinen Helden! Wenn Siegmunds Sohn aus Odins Saale zu kommen gedächte, nun wär' er gekommen. Schon sitzen die Adler auf den Eschenzweigen, und die Menschen reisen ins Reich der Träume. Wohl warst du Schildmaid, doch sei nicht zu kühn, allein an die Stätte des Todes zu gehen. Zu bösen Gewalten werden die Toten, wenn die Nacht den lichten Tag vertreibt!" —

Und es ward Nacht und wieder Nacht, doch Helgi kehrte nicht wieder, und nicht mehr lange lebte auch Siegrun in ihrem großen einsamen Weh. — Nach Helgakvidha II.

4. Der Ring des Andwari

Als König Siegmund der Wälsung erschlagen ward, war er seines dritten Weibes Gemahl gewesen; das war König Eylimis Tochter, Jördis, die nach seinem Tode den Sigurd gebar, den stärksten aller Heldensöhne. Die einen sagen, daß Jördis sich wieder vermählte mit des deutschen Königs Helferich Sohne; andere aber sagen: nein, sie starb nach ihres Kindes Geburt, und Helferich ward des Knaben Pflegevater. Eines ist gewiß, daß Sigurd an Helferichs Hofe aufwuchs, und dort war der Meisterschmied Reigen sein Waffenlehrer. Wie nun der junge Wälsung so groß und stark ward, daß man seinesgleichen keinen wußte unter allen Königssöhnen, da begann Reigen den Jüngling zu reizen, daß er eine große Heldentat vollführe und den Drachen Fafner bezwinge, der auf der Gnitaheide den Hort und den Ring des Andwari bewahre. Was das für ein Ding sei, frug der kühne Knabe, und Reigen zögerte nicht, ihm alles zu erzählen, was vorzeiten sich begeben hatte:

Die drei Götter wanderten wieder einmal auf Erden und kamen an einen Fluß; daran gingen sie aufwärts bis zu einem Wasserfall; dort sahen sie einen Otter sitzen, der schmauste, vergnüglich blinzelnd, einen fetten Lachs. Der Götter Sinn stand nach dem Lachs, und Loki ärgerte des Otters Lust; so hob er einen Stein auf und warf nach dem Otter. „Nun hab' ich beide erjagt, den Otter und den Lachs!" rühmte er sich laut und nahm die doppelte Beute mit sich. Am selben Abend erreichten die Wanderer das Gehöft eines gewaltigen und zauberkundigen Mannes, der hieß Hreidmar, baten ihn um

Nachtlager und wiesen ihm die Kost, die sie schon mitgebracht. Als Hreidmar den Otter sah, ward er sehr zornig, rief seine Söhne Fafner und Reigen und beschuldigte die Götter, daß sie ihm seinen dritten Sohn, den Otur, erschlagen hätten und müßten nun Buße zahlen, denn sie waren in seiner Gewalt. „Welche Buße forderst du?“ frug Odin, und Hreidmar verlangte, sie sollten den Balg des Otters füllen und hüllen mit dem Golde, das der Zwerg Andwari besaß; der wohnte in den Felsen am Wasserfall. Dahin gingen die Götter, nachdem sie dem Hreidmar Eide geschworen, daß sie nach seinem Worte ehrlich handeln wollten, um Oturs Tod zu sühnen. Andwari aber war schlau und verwandelte sich in einen Hecht, der schwamm unter den vielen Fischen, die im Wasserfall lebten. Loki jedoch war noch schlauer; er lieh sich das Netz der Ran, der bösen Herrin der wilden Wasser, und damit ward es ihm ein leichtes, den Hecht zu fangen. „Ei da, was bist du für ein flinker Fisch und kannst dich vor dem Fang nicht wahren? Jetzt löse deinen Kopf aus der Ran Gewalt mit all dem glänzenden Gold, das du hast!“ Andwari sprach traurig: „Das war übler Nornen Werk, daß Andwari, Oins Sohn, im Wasser schwimmen mußte! Zu früh kommt das Unheil über mich!" Das Klagen half ihm nichts: hergeben mußte er alles Gold; nur einen Ring wollte er verhehlen und zurückbehalten. Doch Loki ließ sich nicht täuschen und entriß ihm auch den Ring. „Niemandem nütze mein gutes Gold, zweien Brüdern bring' es den Tod und vielen Edelingen ein frühes Ende." Mit diesem Fluche schlüpfte der Zwerg in seinen Felsen zurück. Die Götter aber brachten ihren Raub zu Hreidmar und füllten und hüllten damit den Otterbalg, bis alles Gold verbraucht war; nur den Ring mochte auch Odin sich gern behalten. Hreidmar betrachtete genau die Hülle und Fülle der Buße und fand noch ein Barthaar des Otters unbedeckt; da mußte Odin auch den Ring hingeben. Loki aber lachte dazu und sprach zu Hreidmar: „Nun hast du dir einen Fluch ins Haus geholt, und wir sind des Unheils ledig!" „Des Lebens ledig wär't ihr," rief Hreidmar, „hätte ich deine Liebesgabe vorher gewußt! Aber ich denke doch noch des Goldes zu walten, solange ich lebe, und fürchte eure Flüche nicht. Schert euch nach Hause, ihr unguten Gäste!" – Als die Götter ihn verlassen hatten, begannen die Söhne den Vater zu mahnen, daß er ihnen einen Teil des

Sühnegeldes gebe, weil Otur, der Getötete, doch ihr leiblicher Bruder war. Das weigerte ihnen der harte Vater und legte sich schlafen, froh seines Besitzes. Die Söhne fühlten sich im Recht gekränkt, und Fafner, der wilde, war rasch zur Tat entschlossen: er erschlug den Vater, während er schlief. Nun bat ihn Reigen um seinen Teil des reichen Vatererbes, und jetzt war es Fafner, der nein dazu sagte. Er nahm den ganzen Hort an sich und verwandelte sich in einen wilden Wurm, der liegt auf der Gnitaheide in einer Höhle, der kein lebendes Wesen zu nahen wagt. Doch wer die Kraft und den Mut hätte, den Wurm zu töten, der gewänne sich die größte Macht der Welt, Andwaris Gold und Andwaris Ring. —

Das erzählte Reigen dem jungen Sigurd. Der hatte gleich Lust zu der kühnen Tat und wünschte sich nur noch ein tüchtiges Schwert dazu. Reigen schuf es so scharf, daß es im fließenden Strom eine Wellenflocke zerschnitt, und so stark, daß Sigurd mit einem Schwunge des Schmiedes Amboß mitten durchschlug. Nun, meinte Reigen befriedigt, sei alles bereit, die Fahrt zu Fafners Höhle anzutreten. Da sprach aber Sigurd: „Noch nicht! Erst ein anderes! Noch leben welche von Hundings Geschlecht, die würden lachen, wenn Sigurd der Narr wär', um roter Ringe willen ihnen die Rache zu ersparen, die der Königssohn dem Vater schuldet." Und so zog er denn aus zu seiner ersten Heldenfahrt, und König Helferich gab ihm Mannen und Schiffe mit. Unterwegs auf See überfiel sie ein arges Unwetter, also daß sie sich hinter Felsen bergen mußten. Auf dem Felsen droben stand ein gewaltiger Mann, der rief sie an: „Wer reitet dort unten auf hölzernen Rossen? Glaubt ihr etwa, ihr könntet den Sturm überholen?" Reigen antwortete, da Sigurd kein Wort verlor: „Und ginge die Fahrt bis in den Tod, das kümmert uns wenig: Sigurd der Wälsung steht an Bord!" Da grüßte der Mann auf dem Felsen: „Heil dir, mein junger Wälsung! Fahr zu, dir gönnt Nickar den Weg zur Wal. Der Mann vom Felsen steht dir bei." Damit kam er hinab auf das Königsschiff und stillte die Wellen, ehe er verschwand. Es war Odin gewesen. Bald klärte sich das Wetter auf; über ruhiges Wasser segelten sie weiter, sicher und heiter, bis zu der Hundinge Land. Dort nahm Sigurd die Vaterrache, und Reigen sprach auf der Walstatt: „Nun ist der Blutaar den Siegmundsmördern in den

Rücken geschnitten. Kein Besserer hat jemals den Boden gerötet und die Odinsvögel im Feld erfreut." –

Sie kehrten zu Helferichs Hofe zurück, und nun war auch Sigurd bereit zum Kampfe mit Fafner um Andwaris Hort und Ring. –

Nach Sigurdharkvidha I.

5. Wie Sigurd den Wurm erstach

Sigurd und Reigen zogen mitsammen aus und kamen durch weite Wälder zur Gnitaheide, wo Fafner in seiner Felsenhöhle lag. Bald fanden sie auch die Spur, wo der riesige Wurm sich mittags zu einer Quelle hinzuwälzen pflegte, um zu trinken. Dort grub nun Sigurd auf Reigens Rat eine tiefe Grube mitten in der Wegspur und verbarg sich darin, während Reigen vorsichtig in das dichte Gebüsch sich verzog. Wie nun der Wurm so langsam — langsam daher gekrochen und gerade recht über die Grube auf seinem Wege kam, blies er schnaufend einen brennenden Gifthauch von sich, der fiel auf Sigurds Haupt und betäubte ihn schier, also daß ihm der Feind beinahe entkommen wäre, wenn er nicht gar so schwerfällig gewesen und eben einen Augenblick über Sigurds Versteck gerastet hätte. Da sticht ihm der Verborgene von unten herauf sein scharfes Schwert in den Riesenleib und bis in das wilde Herz. Fafner bäumte sich hoch auf in Schmerz und Wut und schlug brüllend mit Haupt und Schweif umher —, das schreckte Sigurd wenig: er sprang aus der Grube und stellte sich gerade hin vor des Untiers flammensprühende Augen. Sowie einer den andern sah, begann Fafner mit Menschenlauten zu reden: „Knabe, Knabe, wes Kind bist du? Bist du von Menschen geboren, daß dein blutiges Schwert in Fafners Herzen steckt?" Sigurd sah, daß Fafner am Sterben war, und Sterbender Worte, heißt es, haben böse Kraft, wenn sie den Feind beim Namen nennen; darum erwiderte er hehlend: „Wundertier heiß' ich —, Vater und Mutter, wie die Menschen sie haben, kenn' ich nicht, hab' ich nicht: einsam geh' ich durchs Leben." — „Vaterlos — mutterlos, wohl bist du ein Wunder!" höhnte der Wurm noch sterbend: „Schande mir, daß mich ein namenloser Landfahrer erschlug!" Darob ward der Jüngling zornig und rief: „Wurm, du bist töricht genug, mein Geschlecht nicht einmal zu kennen! Sigurd bin ich, des Siegmund Sohn; mein Schwert heißt ‚Gram', und Gram hat dein Herz getroffen!" — „Klaräugiger Knabe, so sag' mir nur eines noch: Wer konnte deines kühnen Vaters Sohn zu solch einer Mordtat verführen?" — „Verführt hat mich keiner!" trotzte Sigurd, „was ich getan, das tat ich frei, weil mein Mut es so wollte. Meinst du, weil ich mutterlos, sei ich ein elender Knecht? Du fühlest es wohl anders mit Gram im Herzen!" — „O Knabe, nicht rede so rauhe Worte," ächzte der Sterbende, „hör' nur das eine, was ich dir sage: das glänzende Gold, der glühende Hort, der rote Ring wird dein Tod sein!" Sigurd lachte der Warnung: „Was Hort, was Gold!

Das wünscht sich wohl jeder einmal, und einmal auch muß jeder zur Hel hinunter. Dein Rat mag gut sein, ich reite doch meines Weges, wie ihn die Nornen mich führen, du aber, Fafner, fährst mir vorauf: heute send' ich dich selber zur Hel!"

So starb Fafner zu Sigurds Füßen, und nun kam auch Reigen aus den Büschen hervor und begrüßte den Sieger mit großen Worten. Dann aber sprach er: „Den du so siegreich gemordet hast — Fafner war Reigens Bruder —, so müßte ich den Sippenmord an dir rächen, doch weil ich dir wohl will, wie du weißt, geb' ich dir noch einen guten Rat: Schwerter werden dich nie besiegen, aber vor Gift nimm dich in acht. Drum brate dir gleich des Fafners Herz, dann soll dir sicher kein Trunk mehr schaden." Damit ging er zur Höhle, das Gold zu suchen; Sigurd aber tat, wie er geraten, schnitt mit dem Schwerte das Herz aus Fafners Leib und briet es an einem Feuer, bis der Saft hervorquoll; doch bevor er die schlimme Kost genoß, fühlte er mit dem Finger, ob sie auch richtig gar sei, und da brannte das giftige Wurmblut ihn so stark, daß er den Finger kühlend an die Lippen legte. Und seltsam war's ihm im selben Augenblick: die Vögel, die über ihm in den Zweigen zwitscherten, die glaubte er zu verstehen, als ob sie von ihm selber redeten und miteinander schwatzend also sprächen: „Ja, da sitzt nun der Sigurd, hat den Wurm erlegt, und dahinten hockt Reigen und schmiedet Unheil! So dumm, so dumm ist der kühne Knab', er ahnt nichts, hat den Bruder gemordet und läßt den Bruder am Leben! Ei, daß er den Argen doch flugs um den Kopf verkürzte, der ihm Verrat sinnt und Raub am Gut! Das glänzende Gold, der glühende Hort, der rote Ring, er hat sie gewonnen: alles, was Fafner besaß, ist sein. Was soll er's dem falschen Feinde vererben, der danach gierig ihn morden will?!" So schwatzten die Vögel, und Sigurd verstand es. Er dachte: „Reigen, du Ränkeschmied, du sollst mich nicht überlisten! So schmähliches Ende ist mir gewiß nicht bestimmt! Komm' mir nur heran mit meinem Gut: den Bruder schick' ich dem Bruder nach." Und als Reigen aus der Höhle zurück kam, schwer mit Gold beladen, da ward er übel empfangen von seinem Meisterschwerte, und kopflos fuhr der Überkluge zur Hel hinab. Sigurd aber horchte wieder in die Wipfel, was die Vögel wohl weiter zu plaudern hätten. Die schwatzten ganz wirr durcheinander, kaum, daß er den Worten folgen konnte, aber er merkte doch, daß sie nun zu ihm selber sprachen: die einen sagten ihm von eines Königs Hof, den nannten sie „Giuki“; dort solle er die schöne Tochter sich kaufen mit dem Mahlschatz aus seinem reichen Horte — aber die anderen redeten anders: die kündeten ihm Wunder von einer Maid, die auf Hindarfialls Felsen schlafe, von Odins Dorn gestochen, von Gluten umflammt, eine Walküre unter Helm und Schild, die einst der Helden Sieg betrieben — „Sigrdrifa“ nannten sie die: „O Sigurd, wäre sie dir vergönnt! Aber ihren Schlaf kann niemand lösen, eh' es nicht die Nornen erlaubt.“ — Soviel hörte Sigurd aus ihren Reden, und rasch belud er den Rücken des Grani, seines Rosses, mit vielem Golde aus Fafners Höhle, um weiter zu reiten auf neue Fahrt. Das Roß aber wollte nicht vorwärts gehen, es wußte nicht, wohin sein Herr begehrte. Da dachte Sigurd an die wundervolle Maid auf Hindarfialls Felsen, schwang sich freudig auf Granis Rücken, und willig trug ihn das treue Tier dahin. —

Nach Fafnismál.

6. Wie Sigurd die Walküre weckte

Sigurd ritt südwärts durch das Frankenland zum Hindarfiall hinauf. Von ferne schon leuchtete ihm auf dem Felsengipfel ein Glanz entgegen, als brenne dort oben ein großes Feuer, das bis zum Himmel emporschlug. Der stand erglühend über dem Berge. Auf dem Felsen aber sah Sigurd nun bald eine Burg aus Schilden gebildet, die erhob sich mitten aus den Flammen, und sie loderten darüber auf wie flatternde Banner. Wohl wäre kein Mann je so mutig gewesen, durch diesen Feuerwall einzudringen; Sigurd aber spornte seinen Grani zu mächtigem Sprunge, und das kühne Roß setzte im Fluge darüber hinweg, daß die Erde bebte und die Flammen sich bäumten. Dann aber sank die Glut in sich zusammen, und das Feuer erlosch vor des Siegers Tritten, der hurtig vom Rosse sprang und mit dem gezückten

Schwerte die schirmenden Schilde durchbrach. Da fand er inmitten des Schildringes einen gerüsteten Mann, der lag in tiefem Schlaf; doch wie er den Helm ihm vom Haupte hob, da sah er alsbald an den niederwallenden Locken: es war ein Weib! Die Brünne schien der Schläferin fest an den Leib gewachsen; so löste denn Sigurd behutsam mit seinem Schwerte den harten Panzer von oben herab und an beiden Armen und hub ihn leise von den ruhenden Gliedern der Frau; da schlug sie, von der Berührung erweckt, die Augen auf, und langsam aufgerichtet, erblickte sie staunend ihren Erwecker: „Wer löste meine Brünne? Wer brach meinen Schlaf? Wer nahm die lange, bleiche Last mir ab?“ Sigurd gab zur Antwort: „Siegmunds Sohn steht vor dir; die schwarzen Fesseln zerschnitt dir das Schwert des Sigurd!“ „Lange lag ich, lange schlief ich, lange währen die Leiden, die Odin der Waltende schafft! Seinem Schlummerzauber vermochte ich nicht zu wehren!“ So sprach die Erweckte, und nun saß Sigurd neben sie nieder und frug sie nach ihrem Namen. Sie reichte ihm ein Horn voller Met und gab ihm den Minnetrunk zu trinken, daß er wohl im Gedächtnis behielte, was sie bereit, ihm kundzutun. Und wie sie den Trank emporhob und Sigurd bot, da rief sie segnend: „Heil dir, Tag, Heil den Söhnen des Lichts, Heil auch der Nacht und ihrer Tochter, der Erde! Mit freundlichen Augen blicket auf uns und gönnet unserem Beisammen den Sieg! Heil euch Asen und euch Asinnen, Heil allem, was dem fruchtbaren Grund entsprießt! Worte und Weisheit gebet uns beiden und heilende Hände für Lebensnot!" Und sie sagte Sigurd, sie sei Walküre, und nannte sich „Siegbetreiberin" (Sigrdrîfa). Zwei Könige, erzählte sie, führten widereinander Krieg; der eine, der einsam und freudlos war, den schirmte die Walküre und fällte den andern wider Odins Befehl. Da stach sie Walvater mit dem strafenden Schlafdorn und sagte: „Nie mehr den Sieg betreibst du den Männern — du wirst eines Mannes Eheweib!" — „Ich aber sprach: Ich schwöre den Eid, daß ich mich keinem Manne vermähle, der Furcht kennt!" — Da bat sie Sigurd, ihn zu lehren, was er nicht kenne, außer der Furcht, und sie begann mit dem Geheimnis schirmender Runen: Siegrunen und Sturmrunen für Fehde und Fahrt, Älrunen und Astrunen wider Trugtrank und Wundnot, Geistrunen, wie sie Odin bei Mimir gelernt, den Sinn zu erhellen für klugen Rat, daß der Mann unter Männern wisse, ob Reden, ob Schweigen ihm besser sei, und manche noch mehr. — „Verwirre sie nicht, und lasse sie wirken, du kühner Schwertheld, all deine Zeit!" — Doch Sigurd meinte: „Mit mir geboren ward Mutes mehr als Witz für ein Wissen! Dir vertrau' ich: du weißt das Beste. Solange ich lebe, dankbar gedenk' ich deiner Huld." — Nun gab ihm die Weise zu heimlichen Runen lebenskluge Lehren in reicher Zahl: „Hüte dich vor schönen Frauen, hüte dich vor bösen Tränken, hüte dich vor falschen Eiden, hüte dich vor List und Lügen, hüte dich vor Feindes Treue, hüte dich vor später Rache, hüte dich auf allen Wegen vor dem Weh, das bald dir naht! Wilder Streit ist schon im Werden, den der Lebende nur besteht." — „Nichts Weiseres ist in der Welt zu finden," sprach Sigurd, „und hör' meinen heiligen Schwur: Dich will ich gewinnen, du bist's, die ich minne!" Und sie darauf: „Sigurd, von allen Männern hab' ich die Wahl, ich wähle dich!"

Und ehe er weiter zog auf neue Fahrten, wie sie dem jungen Helden gefielen, ließ er ihr den goldenen Ring des Andwari als Morgengabe zurück, und alles, was sie sich zuvor versichert, das befestigten sie noch zum Abschied mit starken Eiden. —

Nach Sigrdrifumál.

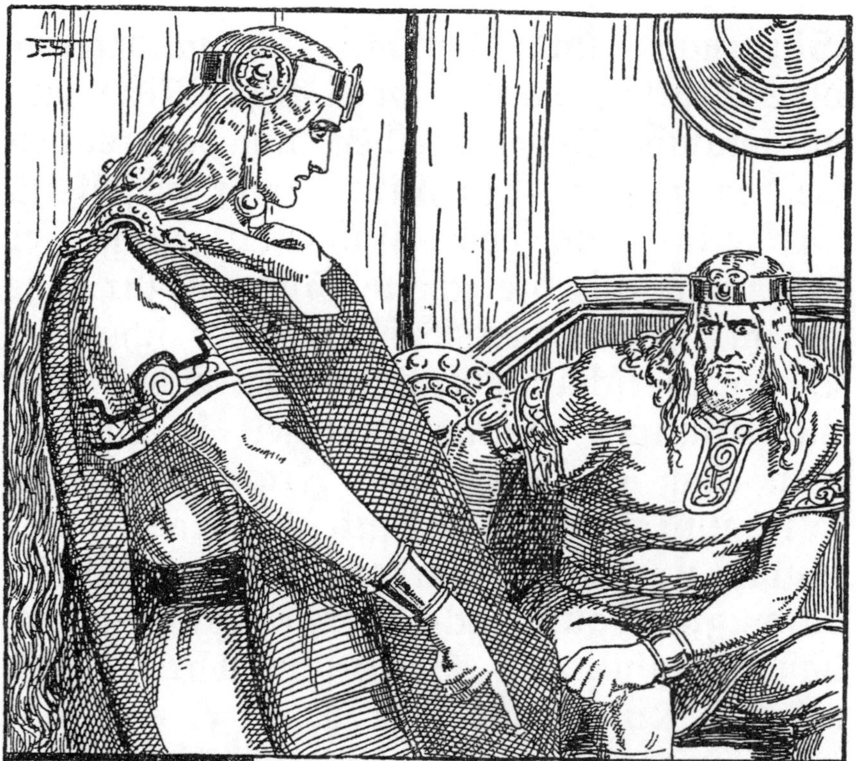

7. Wie Sigurd erschlagen ward

Auf seinen Fahrten kam Sigurd an den Hof des Königs Giuki; der war gestorben und hatte sein Erbe zweien Söhnen hinterlassen, Gunnar und Högni, und einer Tochter, Gudrun; diese drei waren Grimhilds Kinder, ein Stiefsohn aber hieß Guthorm. Sigurd verweilte dort lange Zeit; der Herr des Hortes ward gern gesehen als Freund und Genoß der

Giukungen, und Grimhild, die zauberkundige Mutter, wandte wohl arge Mittel an, wie manche Sagen melden, um den reichen Helden ganz an den Giukistamm zu fesseln. Der Maid auf dem Hindarfiall mußte er vergessen und die schöne Gudrun zur Ehe begehren. Mit den Brüdern aber schloß er Blutbrüderschaft durch heilige Eide. Als nun Gunnar meinte, die Zeit sei gekommen, daß er selber eine Frau sich freien solle, und Brynhild nannte, die Tochter der Budli, um die zu werben es ihn gelüstete, da wußte Sigurd nicht, wem es galt – nicht, daß Brynhild – „Sigrdrîfa" war – und alle die Runen und Lehren, die er einst auf dem Hindarfiall von ihr erhalten, waren ihm entschwunden. So zog er unbesorgt mit Gunnar auf die Werbung zum Budlihof, wo Brynhilds Bruder Atli nun hauste. Dem schien es von Nutzen, die Schwester dem mächtigen Fürsten zu geben, dessen Schwäher und Blutsbruder der Herr des Fafnerhortes war; und gern ließ er die Könige auf den Brautgewinn zum Hindarfiall reiten. Da leuchtete die Schildburg aus der flammenden Glut, und Gunnar verzagte, durch das Feuer zu dringen. Sigurd fühlte sich gebunden durch den heiligen Bruderschwur, ihm jeden Dienst zu leisten, und mochte er den Wunderweg wiedererkennen, mochte ein Zauber, der auf ihm lag, ihm alles verbergen, was dort einst geschah: Furcht kannte er sowenig wie je, und der Kunst war er mächtig; so nahm er Gunnars Gestalt an und drang durch die Lohe zu Brynhild ein. Sie konnte dem Flammenbesieger nicht wehren; ihr Los war gefallen und erfüllt. Sigurd aber blieb die Nacht über bei ihr und legte sein scharfes Schwert ‚Gram' mitten zwischen beide; er küßte sie nicht, noch nahm er sie in die Arme, für Gunnar wahrte er treu die blühende Braut, kein Unrecht, keine Unehre befleckte ihr Leben, und doch waren schädliche Nornen dabei, die führten sie alle an tödlichen Fäden nach Giukishof zum Hochzeitsfest. –

Dort saß Brynhild nun oftmals einsam außen im Abenddämmern, ferne den Menschen, in Harm und Not, und sann und sann: „Sterben muß ich ohne Sigurd, leben muß ich mit Gunnar – so wollen es die Nornen – wie leb' ich – wie sterb' ich? Wohin geht mein Weg?!" Und eines Tages gingen die beiden Fürstinnen, Brynhild und Gudrun, zum Ufer des Flusses, ihre Schleier zu waschen: da packte Brynhilds Herz der wilde Grimm, daß sie ins Wasser sprang und rief:

„Deines Schleiers Tropfen sollen mich nicht berühren!“ Gudrun folgte ihr lachend: „Ei, bist du so stolz? Da mag ich wohl stolzer sein. Ich sehe einen Ring an deinem Finger, der schaut wie nach Fafners Golde aus. Wie nahmst du dir den aus dem reichen Horte, den Sigurd mein Gatte allein gewann im größten Kampfe, den alle Welt kennt?“ Gereizt erwiderte Brynhild: „Nicht nahm ich, was mir geschenkt von dem, den du als deinen Gatten rühmst! Der sich der meine nennt, steht wohl dem deinen nicht nach in noch größerer Tat!“ Gudrun, des Sigurd Geschenk im Auge, entbrannte in Zorn und rief: „Täusche dich nicht! Du bist betrogen. Die größere Tat, die größte Tat, dich aus der flammenden Lohe zu holen, die hat nicht dein Gatte Gunnar getan, nie konnt' er sie tun, wenn Sigurd nicht half: und er war's, mein Mann und mein Held, der für Gunnar die Glut durchschritt und dich gewann!“ — Da schwieg Brynhild ein furchtbares Schweigen und ging in tödlichem Schmerze heim. Von dieser Stunde an sann sie auf Rache für den großen Betrug, der ihr Leben zerstört. Sie wandelte nachts über Schnee und Eis, einsame, wilde Berge, entflohen dem Hof, wo Sigurd mit Gudrun auf friedlichem

Lager der Liebe sich freute, und klagte den Sternen: „Ihr seht mich freudlos, ihr seht mich freundlos, doch meines Herzens Gram und Grimm, was in mir geboren wird, könnt ihr nicht sehen!“ – Dann ging sie am Morgen zu Gunnar hinein: „Willst du nicht ganz des Weibes entbehren, das du dir gewonnen zu unfrohem Bunde, – soll ich für immer dich nicht verlassen, nicht wiederkehren zu meiner Sippe, mein Leben in Fernen und Öden verschlafen – König, so zeige mir deinen Mut und räume den Sigurd aus unserem Wege, der, trotzig in Kraft und reich an Gut, euch alle, die Fürsten des Landes, verdunkelt und bald sich selber die Herrschermacht anmaßt!“ – Gunnar sah ihren Zorn erglühen und frug mit Staunen, was ihn entflammte? Brynhild sprach offen: „Er hat mich betrogen, mir Eide geschworen und alle erlogen, die Treue, die ewig uns binden sollte, in Tücke und in Verrat verwandelt: als du mich getäuscht, da täuschte er dich!“ –

In grimmem Harm, gesenkten Hauptes, schwankenden Sinnes saß nun Gunnar den langen Tag, und unruhvoll auf dem öden Lager warf er des Nachts sich hin und her in schlimmen Gedanken: „Was ich tun soll, weiß ich nicht, weiß nicht, was mir das Nötigste wäre, weiß es auch unerhört, daß Fürstinnen aus ihren Landen weichen, und unersetzlich, wenn ich Sigurd verlieren soll!" — Verzweifelt rief er am Morgen den Högni, den klugen Bruder: „Gesteh' mir, Högni, und steh' mir bei: der Wälsung will uns zu mächtig werden. Herrlich nützen uns seine Schätze, die unermeßlichen, Hort und Rheingold, die der Übermütige maßlos verschenkt." „Unweise sprichst du," erwiderte Högni, „herrlicher stehn wir da, mit dem starken Wälsung brüderlich vereint; nirgend auf Erden gibt's eine edlere Sippe, so reich und so mächtig —: wir können die Götter stürzen! Aber ich weiß wohl, was um den Weg ist! Brynhilds Klagen wachsen dir über den Kopf!" — „Brynhild, die Krone der Frauen," rief Gunnar, „über alles geht mir die Eine, lieber will ich das Leben lassen, als diesen Schatz, dieses Weib verlieren!" — „Was willst du tun?" sprach Högni mahnend. „Bedenke doch, Gunnar, du hast geschworen — Blutbrüdereid verbindet dich Sigurd. Kein Schwert darf heilige Schwüre brechen." „Er hat geschworen!" rief Gunnar dagegen, „er hat den Brudereid mir gebrochen! Als ich zuhöchst ihm vertrauen sollte, hat mich treulos der Falsche verraten. Ledig bin ich der heiligen Schwüre,

und Brynhild schulden wir, was sie ver-
langt." – Da hatte Högni nur einen Rat
noch: nicht sie, die beiden Eidesbrüder –
Guthorm, der Stiefsohn Giukis, der töricht
von gar nichts wußte und nichts bedachte,
der sollte die schreckliche Tat vollbringen;
und Gunnar billigte gern, was er riet. Sie

gaben dem Guthorm Wolfsfleisch zu essen und reizten ihm den Mut, den kühnsten Helden in wehrlosem Schlafe dahinzumorden. An Gudruns Seite traf den Träumenden der tückische Stahl in das starke Herz. Empor fuhr der Wunde, den Speer erfaßt' er, der neben ihm lehnte, und schleudert' ihn wuchtig gegen den Mörder — zerspellten Hauptes fiel der rücküber — da erwachte Gudrun. Im Blute liegt ihr Friedel — besinnungslos neben ihr hingesunken — totengleich — tot ihres Lebens Wonne! Jammernd wirft sie sich über den Leblosen, ringt ihre Hände und schlägt sie zusammen in namenlosem Entsetzen und Weh. Da erhebt sich noch einmal der sterbende König zu letzten leidvollen Abschiedsworten: „Verzweifle nicht, Liebste, noch leben dir Brüder! Brynhild allein hat dies gewollt: mich liebte die Frau über alle Männer, ich aber hielt dem Bruder die Treue — und heiße nun doch — seines Weibes Freund." So starb der Held. Laut klagend sank Gudrun in tiefe Ohnmacht. Die Tiere im Hofe schrien vor Schrecken. Doch über alles gellte ein schriller, schrecklicher Ton: das Lachen der Brynhild.

Nach Sigurdharkvidha III und
Brot af Brynhildarkvidha.

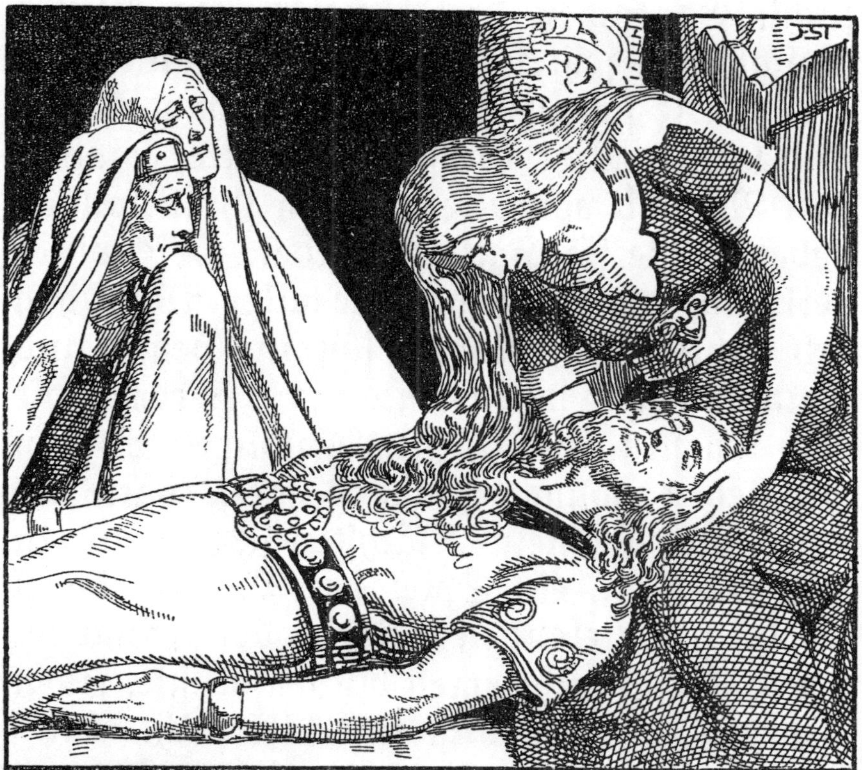

8. Wie die Frauen um Sigurd trauerten

Damals begehrte Gudrun zu sterben, als sie bei dem toten Sigurd saß. Sie weinte nimmer, sie rang nicht die Hände; wie Frauen klagen, so trauerte sie nicht. Es kamen die Genossen ihrer Sippe, Freunde und Edle, um sie zu trösten: sie saß in Gram und Grimm und klagte und weinte nicht. Es kamen drei Frauen aus Giukis Geschlechte, setzten sich zu ihr, begannen zu reden. Sie saß in Gram und Grimm, klagte und weinte nicht. Giaflög, die Alte, erzählte voll Mitleid von allen Leiden ihres langen Lebens, wie sie Gatten, Kinder, Geschwister verloren, die freudenloseste aller Menschen sich fühlte. — Gudrun saß in Gram und Grimm, klagte und weinte nicht. Herborg, die edle Fürstin, sprach: „Im Südland wurden mir sieben Söhne erschlagen, mein Gatte der achte, und all meine Nächsten sanken mir in die Meerflut, ein Spiel der Wellen; dann ward ich zur elenden Sklavin der Fremden, der ich die Schuhriemen binden mußte, jeden Morgen, und die mich aus Eifersucht blutig schlug — das alles erlitt ich im selben Jahre." — Gudrun saß in Gram und Grimm, klagte und weinte nicht. Zuletzt aber rief Gullrönd, die Junge, voll Eifer: „Was wißt ihr von junger Frauen Seele?" und hob den Schleier von Sigurds Antlitz, legte sein Haupt auf der Gattin Schoß und sprach zu Gudrun herzlich und mutig: „Da schau' deinen Liebling — nun küsse seine Lippen und umarme ihn, wie du's dem Lebenden tatest!" Einen Blick warf Gudrun auf das Haupt ihr im Schoße, auf die blutigen Locken, die blinden, einst so strahlenden Augen, auf den Stahl, der ihm die Brust durchbohrte — da sank sie zurück auf das Totenlager und weinte — und weinte — die Tränen flossen wie strömender Regen über sie hin. Und Gullrönd sprach: „Ja, eure Liebe war ohnegleichen in aller Welt, und keine Freuden gab es für dich, meine liebe Schwester, weder außen noch innen, ohne deinen Sigurd!"

„So hoch stand mein Sigurd über allen Helden" — das Wort brach gewaltig aus Gudruns Jammer — „wie die Schwertlilie über die Gräser sich hebt! Nun lieg' ich wie welkes Laub am Boden, wenn der mächtige Stamm im Walde gefällt ward. Und das taten mir sie, die die Nächsten mir waren, Eidbrecher, Verderber, Mörder mitsammen! Du wirst des Goldes, Gunnar, nimmer genießen, die Ringe des Helden werden dein Tod! Oh, wie sie sich freuten, als Sigurd den Grani zäumte — da begann das Unheil, da zogen sie aus — Brynhild zu freien!" Siehe, da stand sie am Pfosten der Saaltür, die Säule umklammerte ihre Hand, und dunkle Glut flammte in ihren Augen! Brynhild war's, sie blickte auf Sigurds Wunden, und im heiß aufwallenden Zorn des Wehes warf sie ein schmähendes Wort auf die weinende

Frau; das wehrte ihr Gullrönd. Da sagte Brynhild: „Das Unheil begann – ja, damals, als ihr zu Atli fuhrt, Budlis Tochter von ihm zu erbitten. Atli ist's, der die erste Schuld trägt – Atli soll sie auch sühnen – an euch – und an sich. Einem anderen hatte ich mich gelobt, ihm, dem Sieger auf Granis Rücken, dem Herrn des Hortes mit dem leuchtenden Ringe, ihm, dem einen, dem keiner gleich. Ich harrte auf Sigurd – und Sigurd kam nicht. Atli hatte die Brudergewalt und drohte mit Schande, mit Bann und Elend – ich gedachte, das Schwert der Schildmaid zu schwingen, wider den Zwang, wider die Feinde – mir gebrach die Kraft – gefangen war ich in Schwäche und Jammer – ich mußte dem unlieben Gatten folgen und war doch im Herzen dem Liebsten getreu! – Nun leb' ich nicht länger mit anderem Manne – nun möge Atli das Werk vollenden: zu rächen hat er auch meinen Tod!" – Da sprang Gunnar auf, in jähem Schrecken schlang er den Arm um Brynhild und rief: „Oh, nicht noch Ärgeres laß uns du widerfahren! Ich flehe dich – alle flehen dich! Hindert denn keiner ihre Todesfahrt? Högni, hilf du: geschehe hernach, was geschehen soll!" – Högni aber erwiderte kalt: „Keiner hindere ihre To-

desfahrt, und nimmer werde sie wiederge=
boren: von Mutterleib war sie zum Unheil

bestimmt." Und er verließ allein die Stätte, wo nun die todbereite Fürstin ihre Schätze an alle verteilte. Die Mägde aber sagten: mehr als alle Schätze wäre ihnen das Leben lieb, und keine mochte der Herrin folgen, die einsam dahinging und traurig sprach: „Gezwungen sterbe keine für mich. So lebt denn fort; doch wenigen Wert hat solch ein Leben. Auch Gudrun bestiege besser das Brandbett mit dem, der ihr Mann hieß, hätte sie meinen Sinn. Nun wird sie noch vieles, Arges erleben, wenn sie auch bald sich mit euch versöhnt. Komm, setz' dich noch einmal, Gunnar, zu mir und höre des sterbenden Weibes Wort: mein Opfer rettet euch nicht das Schiff, das euch in dunkle Fluten hinausführt. Ich weiß nicht allein, was ihr mir getan, ich weiß auch, was euch noch angetan wird, wenn ihr die Schwester dem Bruder vermählt. Ich sehe die Nattern, die dich umzischen, wenn du hilflos in der Wurmgrube gefangen liegst. Blut über euch alle, auch Atli endet — eine unfrohe Frau führt das rächende Schwert, und wieder auf ihrem blutigen Lager liegt der erschlagene Ehegemahl. Noch stirbt sie nicht — aber eine lebt, Sigurds Kind — das sendet sie selber, die Mutter, ahnungslos, in ihren Tod. Mit Swanhild ist Sigurds Geschlecht vernichtet: das, Gudrun, Unselige, das wartet dein! – Nun bitt' ich in meinem Leben die letzte Bitte: eine Schildburg erbaut auf flachem Felde, geschmückt mit Linnen und kostbaren Ketten; dort brenne mit Sigurd sein treues Gefolge: zwei Knechte zu Häupten, zwei Hunde, zwei Falken und Grani, sein Roß. Wenn alles verteilt ist und wohlgeordnet, dann bett' ich mich selber zu meinem Gebieter, das Schwert inmitten, wie wir auf Hindarfiall einst geruht. So wird ihm des goldenen Tores Flügel bei der Todesfahrt nicht auf die Ferse fallen, wenn ihm so viele Gefährten folgen. Nicht dürftig wird unser Auszug sein." – Und wie alles bereit, sticht sie das Schwert sich ins Herz und sinkt auf das Lager an Sigurds Seite: „Manches sagt' ich – manches möcht' ich – der Tod verbietet's – die Wunde schwillt – das Wort erlischt – doch alles ist wahr, so wahr ich sterbe!" –

Nach Gudhrúnarkvidha I und Sigurdharkvidha II.

9. Brynhilds Helfahrt

Bei Sigurds Leichenbrand hatte man Brynhild auf einem prachtvoll geschmückten Gefährt gebettet, und eben auf diesem, so heißt es, fuhr sie nun auch, um sich mit Sigurd wieder zu vereinen, den Weg hinab zur Hel; denn, wie einst Balder, der lichte Gott, war der größte der Helden nicht im Kampf auf der Walstatt gefallen. Er kam nicht nach Walhall; ihn hielt die Hel. Wie Brynhild nun so durch wilde Stätten gefahren kam, trat ihr aus steinumfriedeter Höhle ein Riesenweib grimmig scheltend in den Weg: „Komm du mir nicht in mein steinern Haus! Hättest auch besser getan, noch Weiberzeug zu weben, als dem Mann einer anderen hier schamlos nachzulaufen. Aber dich kenn' ich, die lüsternen Augen! So hast du, Weib, in der Männer Blut oft genug deine Hände gewaschen!" — „Was schmähst du mich, du

Felsenfrau," erwiderte Brynhild von ihrem Wagen: „Und wenn ich mit Helden im Kampfe gewesen, die Edlere gelt' ich doch von uns beiden, wo man sich auf die Geschlechter versteht!" – „Du rühmst dein Geschlecht, du Budlitochter?" lachte das Weib; „ein feiner Ruhm und wahrlich durch schöne Taten bewährt. Kinderlos stirbt nun Giukis Geschlecht, und sein hohes Haus zerfällt." „Unweise du", rief Brynhild dawider. „Was weißt du von Giukis Geschlecht und von mir? Laß mich dir sagen, damit du es wissest, wie sie mich um Liebe und Leben betrogen und beschworene Eide zunichte gemacht. – Ein kluger Held beraubte einst acht Schwestern um ihre Schwanenhemden, als sie unter einer Eiche geruht. So wurden sie seinem Dienste verbunden; und ich war die eine: zwölf Winter alt, schwor ich dem Agnar einen Eid. Da hieß man mich fürder die Hilde unter dem Helme, weil ich im Kampfe Helm und Brünne heldisch trug. Schlachtenmaid war ich dem edlen Agnar, und seinen Feind, den alten König Hjalmgunnar, den Goten, den sandt' ich der Hel. Darob zürnte mir Odin. In eine Schildburg schloß er mich ein, mit weißen und roten Gewaffen bewahrt. Eines schwor er und sagte es mir zu: Keiner solle den Schlafzauber lösen, als der je keine Furcht gekannt. Mit flammendem Feuer umgab er den Saal, wo hinter den leuchtenden Schilden ich schlief. Mich dünkt, er wußte es wohl: nur einer, der Fafnerbesieger auf Granis Rücken, der würde es wagen, das Gold mir zu bringen, durch Feuer und Flammen: Andwaris Ring! — Und er kam, und ich sah ihn, und ohne zu schwanken erkannt' ich in ihm den herrlichen Helden, den Fürsten von Norden, den Hüter der Lande, den Herrn aller Völker, wohin ihn sein Roß zum Siege trug! — Mich aber minnte der kühne Erwecker! Auf einem Lager ruhten wir beide, wie Bruder und Schwester schliefen wir dort. Kein Arm umschlang des andern Nacken — acht heilige Nächte, im reinsten Bund. — Und doch beschuldigt mich Giukis Tochter, ich habe in Sigurds Armen gelegen! Getäuscht ward Gudrun, betrogen ist Brynhild: zu spät erkannt' ich's — nun weiß ich mein Los. Ich schied vom Leben, begehr' es nie wieder; klar schau' ich und schaudernd der Nornen Gewebe. Lange noch, allzulange werden Männer von Weibern zur Welt geboren, in ein Übermaß von Streit und Leid. Wir aber, wir beide, wir werden von nun an ein anderes Leben, ein Leben in Frieden mitsammen leben, Sigurd und ich. Versink, Gespenst!" —

So fuhr Brynhild den Helweg zu Sigurd.

Nach Helreidh Brynhildar.

10. Der Untergang der Giukungen

Nach Sigurd des Wälsungen Tode nahmen Gunnar und Högni alles Gold von Fafners Horte und nannten es Gudruns Erbe. Doch weil es aus den Tiefen des Nibelheims stammte, wo Andwari der Zwerg einst heimisch war, so hieß man sie selber nun Nibelungen (Niflungar). Gudrun aber haßte die Brüder als Sigurds Mörder, und Atli, der Budlunge, drohte mit der Rache für der Schwester Tod. Da sannen die Giukisöhne auf weisen Ausgleich, und Grimhild, die klugsinnige Mutter, begann mit freundlichem Zuspruch: „Vergiß doch, Gudrun, mein mildes Kind, den Männern die böse Tat zu entgelten; sie tragen wohl Schuld, aber denke der Ursach', wie Sigurd auch dich mit Brynhild betrog! Nun magst du noch leben zu neuem Glück, das keine Blutschuld dunkel trübt!" Doch Gudrun wollte davon nichts wissen: „Ich will kein Glück, ich kenne kein Hoffen, seit dem Tage, da ihr wie wilde Tiere das teure Blut meines Sigurd trankt!" „Noch lebt dir Sigurd," sprach Grimhild mit Listen; „er lebt in den goldenen Schätzen des Hortes, den er dir Glücklichen hinterließ! Verachte mir nicht die Macht, die dir ward. Vereinst du sie gar mit dem Gute des Atli — du bist die Reichere, aber mitsammen seid ihr die mächtigsten Walter der Welt." Doch wiederum wehrte sich Gudrun dagegen: „Das ziemte mir wenig, Brynhilds Bruder als Gattin zu folgen — ich folge keinem, und alle Schätze der Welt sind zu arm, um mich für neues Leben zu kaufen!" — „Atli vergißt, daß er Brynhilds Bruder, wenn er Gudruns Gatte ward; nicht sollst du vor Brynhilds Gedanken weichen, erlösche ihr Bild vor deinem Leben. Noch bist du zu jung, um einsam zu wandeln, traurige Wege dem Alter entgegen. Ein edelster Fürst mit der lieblichsten Frau: ein Geschlecht von Helden wird Gudruns Freude, für einen Helden, der Leid ihr schuf!" – „Ein Unheilgeschlecht wird uns entsprießen," rief Gudrun heftig, „du rühm' es mir nicht! Gunnar und Högni seh' ich im Blute, wie Sigurd auf meinem Bette lag, und ich – ich selber, ich habe nicht Ruhe, bis ich an Atli den Mord gerächt. Das sind die Freuden, die du mir bereiten willst! Das ist die Macht, die du mir versprichst!" – Da grauste der Grimhild vor ihrem Kinde; sie erkannte, daß all ihr Zuspruch vergebens und eines nur hülfe: das Zaubermittel, dessen sie immer noch mächtig war. Und sie bot ihr im Becher aus Fafners Golde, den heimliche Runenstäbe bedeckten, das SCH der Schlange, das L der Lohe, das A der Aare, das F der Flut, den kühlen Schlaftrunk, eine böse Mischung aus giftigen Wurzeln, betäubenden Säften, aus Blut und Galle, aus Wasser und Feuer und irdischem Kraut, bei Mondenstrahlen zusammengebraut. Der Zauber verdunkelte Sigurds Bild in Gudruns Sinnen, und als sie erwachte, willigte sie in der Mutter Begehren und in der Brüder kluge Gedanken: sie scheute nicht mehr die geahnten Schrecken für ihre Sippe und Atlis Geschlecht — der Bund ward geschlossen, Versöhnung beschworen, und Sigurds Witib war Atlis Weib. —

Nun hatte Gudrun Vergessen getrunken, Atli aber vergaß nicht die Rache an Brynhilds Betrügern, die ihn auch betrogen. Denn Gudruns Erbe, den Hort des Fafner, behielten sie weislich bei sich zurück, und Gudrun gedachte mitnichten ihr Gut dem Bruder Brynhilds auszuliefern. Doch tat er freundlich und sagte kein Wort. Nach einer Weile sandte er Botschaft an Giukis Hof, eine gastliche Ladung, daß Gudrun die Brüder zu sehen wünsche. „Gunnar und Högni," so meldete der Bote, „ihr werdet erwartet zu heiterem Kampfspiel, mögt Helme und Schilde und Rosse und reiche Ringe euch selber wählen aus Atlis Besitz und dann euch am häuslichen Herde ruhen, als wenn ihr daheim bei den Euren wär't." — Da beriet sich Gunnar mit Högni: „Was meinst du? Du hörtest die Ladung — nehmen wir an?" Högni entgegnete, ernst besonnen: „Waffen und Ringe besitzen wir selber; ich zweifle, daß Atli bessere hat! Mein Roß ist das schnellste, mein Schwert das schärfste mit goldenem Griffe, so Helm und Schild. Ich brauche nicht mehr an Budlis Hof um

Preise zu ringen. Du aber, Gunnar — wie deutest du dir, daß Gudrun uns heimlich durch ihren Boten den Goldreif Sigurds gesendet hat und hat ihn mit Wolfshaar dicht umwunden? Ich fürchte, die Fahrt, zu der sie uns laden, soll uns ein Weg zu den Wölfen werden!" Aber Gunnar verachtete Zeichen und Zweifel. Den Botenwein ließ er in blanken Schalen auf der Saalbank munter kreisen, und als guter Wirt und Freund dem Trunke trank er selbst eifrig, bis ihn zur Fahrt eine Freude ergriff, und lustig rief er in den hallenden Trinksaal: „Wir fahren zu Gudrun, wir grüßen den Atli! Weißpelz, der Wolf, mag des Hortes walten; der braune Jagdfreund, der Bär, soll hier wüsten, wenn Gunnar, der Nibelung, nicht wiederkehrt!" — Da war denn auch Högni einverstanden; ihn reizte der Mut zur bedrohlichen Fahrt. — Daß sie bedrohlich sei, sagte Kostbera, Högnis runenkundige Frau, die aus Gudruns Botschaft heimlich geritzte Stäbe enträtselte; wo da „kommt doch" stand, barg sich darunter ein „kommt nicht!" Aber Högni meinte: „Dafür fehlt mir der Sinn, und soll etwas Arges uns widerfahren, ist immer noch Zeit, ihm die Stirne zu bieten." Da versuchte es Kostbera mit bösen Träumen, die sie beängstigt: „Das Bett stand in Flammen — ein Bär drang ins Haus — ein Aar flog darüber und träufte Blut herab —“ Högni lachte: „Du hast viel Lumpen neulich verbrannt! — Den Winterschnee hältst du für einen Weißbären — die Rinder von unserem letzten Opfer flogen im Traume dir als Adler zurück. Laß mich mit solchem Nachtspuk in Frieden! Der König gebeut's, die Fahrt wird getan.“ — Und so geschah es. Doch ehe der Zug das Land verließ, versenkte Högni, aus weiser Vorsicht, das allbegehrte Erbe Sigurds, den Goldhort des Fafner, tief in den Rhein; und mit ihm dahin ging dieses Geheimnis, nie wieder kam das Gold zutage. Dann zogen die Giukungen mit kleinem Gefolge — die meisten der Edlen blieben zurück und beklagten den Abschied — durch Berge und Wälder auf rauschenden Fluten, mühsam rudernd wider den Strom, bis sie, bei Atlis Hofe landend, das ganz vom Sturme zerbrochene Schiff zurückstießen, stromab, auf Nimmersehen.

Wohl hatten auch Atli schon Träume geschreckt. Zu Gudrun sprach er am Morgen der Ankunft: „Heute im Schlaf hast du mich erstochen — ich sehe den blutigen Dolch noch vor mir!“ — „Ei, Dolche bedeuten helle

Strahlen, sonnige Tage, gutes Wetter, und eine Frau, die Wunden schlägt, deutet auf eine, die zu heilen versteht." Dann sah ich sich grüne Bäume entlauben, sah Falken entfliegen und Hunde entlaufen — kläglich klang mir ihr Bellen im Ohr — allein blieb ich über — wie deutest du das?" Gudrun lachte: „Das ist deine Sorge, daß dir das Gastmahl mißraten könnte, und deine Gäste, die lieben Brüder, ließen am Ende dich noch im Stich!" Da ertönte das Horn des Wächters — sie nahen! Und Atlis Mannen waren am Platz. Ein übler Empfang war den Gästen bereitet. Blitzende Waffen umzäunten die Halle, wo Atli den Schwähern den Willkommtrunk darbot. Noch wagte Gudrun ein warnendes Wort, ein leises Raunen in Gunnars Ohr: „Verrat, Bruder! Rette dich! Wo sind die Schwerter? Gerüstet kämt ihr besser daher. Atli solltet ihr niederschlagen, der euch selber nun —" „Schweig doch, Schwester! Jetzt ist es zur Umkehr zu spät, zu weit —" Schon drangen von außen die Atlimannen zur Halle hinein, gewappnete Scharen, die überwältigten Gunnar und Högni beim friedlichen Freundesmahle. „Wo sind meine Treuen?" „Die such' dir im Hofe, da liegen sie gebettet auf rotem Lager." „Ein Schwert!"

rief Högni – und entriß es dem Nächsten,
schwang es im Kreise auf diesen, auf jenen,

und sieben Feinde sanken vor ihm, bis auch er, der Kühne, in Fesseln geschlagen, wehrlos vor Atlis Füßen lag. „Willst du dich lösen mit Fafners Gold?“ rief der grimmige König. Doch Högni schwieg — auf dreifache Frage schwieg er und schwieg. Da wandte sich Atli: „Hat er keine Zunge, so bringt mir sein Herz!“ Für Högni bat Gudrun; da schnitten die Leute — sie fürchteten sich selber vor Högnis Blicken — einem armen Narren, der dort sich umhertrieb, das zage Herz aus dem blutenden Leib und brachten es Atli; der wies es höhnend dem gefangenen Gunnar. Verächtlich blickte der darauf hin: „Högnis Herz hat nie so gezittert!“ Zornwild gebot der König: „Das echte, das Herz des Högni bringt mir her!“ „Hier habt ihr's“, rief Högni mit grimmem Lachen. „Nehmt's euch — ihr nehmt mir nicht Ehre und Mut!“ Und ohne einen Laut, einen Wehschrei, duldet der Held die entsetzliche Marter, den grausamen Mord. Diesmal sprach Gunnar: „Ja, dies Herz ist Högnis. Es zittert nicht. So hast du, Atli, dein Ziel erreicht. Des Hortes Besitzer hast du beseitigt. Nun hol' dir den Hort, das Erbe Gudruns. Wo er zu finden ist, weiß jetzt nur einer und der auch bald nimmer! Die Wogen rollen, die Fluten

glühen, schöner durchglänzt als die Halle des Budli vom roten Golde der Nibelungen!" — Danach schwieg auch Gunnar auf alle Fragen, bis der wütende König ihn zu den Schlangen in eine Grube werfen ließ. — Was klang aus der Tiefe? Gar seltsames Tönen, wie Harfenschlag?! Wer reichte die Harfe dem Mann in die Grube? War es die Schwester? Ein letzter Trost? Es bleibt ein Geheimnis; doch schlug er gewaltig die gellenden Därme, der gebundene Mann mit seinen Zehen — die wimmelnden Nattern staunten zurück, lauschten gebannt — die Mannen standen entsetzt vor dem Wunder, starrten hinunter, konnten nichts sehen, hörten nur immer schriller die Klänge, ein Schlangenzischen, doch nicht die Schlangen, die Saiten der Harfe erschollen so mächtig und übten den Zauber. Auch Atli kam, herbeigerufen, und hört' es mit Schaudern. Er rief nach Gunnar — und Gunnar horchte, einen Blick des Auges nur warf er nach oben, da ruhten die Füße, der Ton verklang, und jach fuhr der Nattern eine empor, der giftige Zahn zerriß ihm die Brust, und tot sank auch Gunnar; die Harfe erschütterte, einmal noch klingend, unter des letzten Giukungen Fall. —

Heim kehrte der König zur blutigen Halle, und lärmend stürmte die Menge ihm nach, voll des Erlebten, der Schrecken, der Wunder — was soll noch geschehen nach solchem Geschick? — Und sieh, aus der blutigen Halle tritt Gudrun, strahlend im Festkleid vom Freudenmahle, dem Gatten entgegen und bietet ihm lächelnd, als grüße sie einen gesegneten Helden, im schimmernden Becher den Siegertrunk. Da packte den König ein Wahn des Jubels: ja, Sieger war er, der

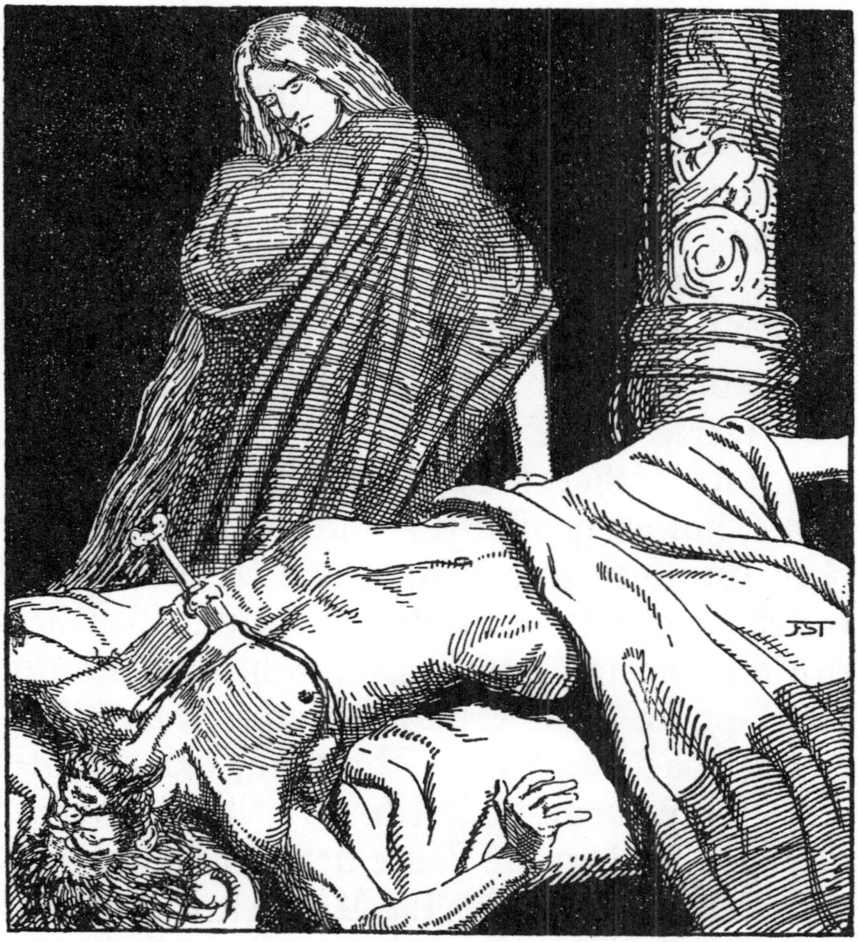

Rächer der Schwester, und ein herrliches Weib war nun ganz sein eigen, das fröhlich ihn grüßte, der ihr auch ersehnte Rache verschaffte an Sigurds Mördern — nun ward ihm der Lohn! Und ein mächtiges Schwelgen und Trinken hub an in der Halle des Todes, ein tobendes Leben. Atli der Herrscher feiert seinen Sieg! —

Als Atli trunken war, trat Gudrun wieder zu ihm in den Saal und bot ihm in goldener Schale einen blutrot schäumenden Gluttrank dar; den schlürfte der König mit brennenden Augen: „Er schmeckt wie Blut!“ „Schmeckt es wie Blut, dann schmeckst du dein eigenes! Das Blut deiner Söhne hast du getrunken!“ Der König lachte: „Ein Nibelungenscherz!“ und leerte die Schale mit wilder Gier. Es war kein Scherz: Erp und Eitel, die Atlisöhne, hatten gebüßt für Gunnar und Högni. Für Gunnar und Högni, die Nibelungenrecken, genügt' es nicht Gudrun. Blutberauscht wankte um Mitternacht der König vom Saale zum Schlafgemach, schwer fiel er über das Lager hin — dort traf den Schlafenden Gudruns Dolch. — Am anderen Morgen fanden die Leute den König entseelt und keine Königin. Am Ufergesträuch flatterte ein Schleier. Da sprachen sie: „Gudrun, die Rächerin, hat den Atli erschlagen und sich ertränkt.“ Das war das Ende der Giukungen. —

Nach Drâp Niflunga, Gudhrûnarkvidha II und III Atlakvidha, Atlamâl.

11. Swanhild, Gudruns Tochter

Die Sage spinnt weiter. Nicht ertrunken war Gudrun: die Wellen trugen sie bis an den fernen Strand, wo Jonakur, der würdige König, das Land beherrschte. Dort wuchs auch Swanhild, Sigurds Tochter, in der treuen Pflege des Fürsten auf, die nach Sigurds Tode die sorgende Mutter aus dem Hause der Mörder ihm zugesandt hatte. Nun ward Atlis Wittib Jonakurs Gattin, und mit Swanhild wuchsen drei junge Brüder: Hamdhir, Sörli und Erp mit Namen. Sie liebten zärtlich die schöne Schwester, und sie war vor allen dem Jüngsten gut. Das neideten Hamdhir und Sörli dem Erp. Als Swanhild zur Jungfrau herrlich erblüht war, warb um sie Jörmunrek, der reiche Gotenfürst. Randwer, sein blondlockiger, junger Sohn, kam, sie von Jonakurs Hof zu holen, und mit ihm Bikki, der falsche Rat. Der Jüngling entbrannte in Liebe zu Swanhild, und auch der Jungfrau gefiel er gar wohl. „Was gönnst du dem Vater, dem Alten, die Junge, die dir zu eigen gehören sollte? Jung zu jung, das fügt sich gut!“ So schürte Bikki das heimliche Feuer. Er hatte dem Jörmunrek Rache geschworen, weil der König sein Eheglück ihm getrübt; da ward aus dem treuen der treulose Bikki. Und als sie die Braut dem Könige brachten, weckte der tückische Rat des ältlichen Fürsten Argwohn und träufelte ihm nach und nach das Gift von Randwers Betrug und Swanhilds

Liebe in das abergläubisch lauschende Ohr. Da befiehlt der Zornige in blindem Eifer, den eigenen Sohn zum Galgen zu führen; der erlitt ruhig schweigend den Tod, dem Vater aber sandte er einen gerupften Habicht zum Abschiedsgruß. Der König verstand das traurige Zeichen: „So steh' ich nun auch gerupft wie der Habicht, ein kinderloser, einsamer Mann!" Doch nicht sich selber gab er Schuld; er haßte Swanhild, die solches Unheil ins Land gebracht; und als er zur Jagd in den Wald geritten, die Schöne am Wasser, wo sie gebadet, trauernd um Randwer weilen und weinen sah, spornt' er wütig sein Roß zu wilden Sprüngen auf die ruhende Maid und trat sie tot. So starb der Wälsungen letzte, wie alle, gewaltsamen Todes — die schöne Swanhild!

Als Gudrun dies hörte, rief sie ihre Söhne und reizte sie auf, die Schwester zu rächen: „Was sitzt ihr da, was verschlaft ihr das Leben? Wißt ihr nichts Besseres als euer Geschwätz? Habt ihr nicht gehört, daß der alte Gote Jörmunrek eure junge Schwester unter Rosses Hufen elend verenden ließ? Ihr allein noch lebt von all meiner Sippe, einsam steh' ich, aller Freuden bar, eine bebende Espe, eine kahle Föhre, wenn der Wettersturm durch den Sommerwald fuhr! — Oh, hättet ihr Gunnars hohen Sinn und Högnis rasch bereiten Mut, der Giukungen heldische Art geerbt! Ihr aber seid nicht Gudruns Söhne, nicht Swanhilds Brüder! Was seid ihr denn?“ — Hamdhir wehrte sich heftig dagegen: „Weniger rühmtest du Högni und Gunnar, als du an Sigurds Seite lagst und sahst deine fein gewobenen Decken vom Blute des lieben Gatten gerötet. Wo hast du auch Atlis Söhne gelassen? Die könnten uns helfen, Swanhild zu rächen. Was hat dir die Rache an Atli genützt? Denke doch jeder, sich selber zu wahren!“ Darauf rief Sörli ungeduldig: „Was soll der Wortwechsel mit unserer Mutter! Sie bleibt sich getreu, sie kann nicht anders. Streit muß sie zünden, Blut muß sie sehen. Wohl denn, wir reiten und du wirst klagen; denn unser Untergang ist gewiß.“ — Da lachte Gudrun: „Ihr kühnen Helden! Ich seh’s: ihr allein, ihr vollbringt es nicht. Ich geb’ euch den Jüngsten noch mit, den Erp; er, der mir der liebste, wird Sieger sein! — Das neideten wieder die Brüder dem Erp; sie mochten nicht länger die Fahrt verweigern. Aus lang verschlossenem Schreine hob Gudrun die starken Gewaffen der alten Helden, und trefflich gerüstet zogen sie aus. — Bald kam's unterwegs zu brüderlichem Zwist. Sie stritten um den Weg, und Erp rief spöttisch: „Ich muß ihn euch führen; ihr fürchtet ihn zu sehr!“ Sie höhnten wieder: „Du schwarzer Zwerg, was wirst du uns viel helfen?“ Er aber sprach: „Lacht nicht zu früh! Ich helf' euch, wie ein Fuß dem anderen beisteht, oder wie eine Hand der anderen hilft.“ — „Dumme Reden!“ schalten die Brüder, und immer weiter ging das Gezänk, das Spotten, das Höhnen, das Reizen, das Schmähen, bis endlich die schlimme Tat geschah: die Brüder schlugen den Bruder nieder und zogen zu zweien den blutigen Weg. Auf steiniger Straße stiegen sie ab. Da stolperte Hamdhir, ein Fuß glitt ihm aus, der andere hält ihn — er steht auf und geht weiter. Nicht lange, und Sörli fällt über Steine, die Hand verstaucht sich; die andere hält ihn — und er erhebt sich und schreitet weiter. Da sagten die Brüder: „Erp hatte recht. Ein Fuß hilft dem anderen, eine Hand der anderen. Ein böses Zeichen hat uns gewarnt!“ Sie nahten beklommen Jörmunreks Burg; sie sahen schaudernd den jungen Schwäher am Galgen hangen, vom Winde geschüttelt, von Raben umflattert — sie hörten aus der Halle die trinkenden Mannen — eine gewaltige Schar rings um den König — schon wollten sie wenden — da bläst der Wächter das kündende Horn und rasche Diener melden drinnen: „Die Gudrunsöhne!“ „Die Brüder der Swanhild!“ murmeln die Mannen, und Bikki ruft laut: „Dein Roß zertrat sie, nun höre die Rosse, sie tragen die Rache dem König ins Haus!“ Doch Jörmunrek grinst und streicht sich den Bart, schüttelt die Locken und hebt seinen Becher: „Laßt Schwerter und Brünnen! Ich grüße die Gäste! Mit den Händen bind' ich sie mir zum Frieden. Am luftigen Galgen stirbt jeder Streit!“ —

Da dringen die zwei in den Saal hinein, wie verzweifelt werfen sie sich auf den König, noch ehe die Mannen dazwischen springen; Hamdhir trifft mit dem Schwerte die Hand, Eitel den Fuß — wer schlägt ihm das Haupt ab? — Wo ist der Erp? Erp liegt erschlagen am fernen Wege, und die törichten Brüder verenden hilflos im Saale, erwürgt von den Händen der zornigen Goten: ein Zank um die Mordschuld — ihr letztes Wort! — So starben Gudruns letzte Kinder. —

An Jonakurs Hofe rüstete Gudrun indessen geheimnisvoll eine Leichenfeier: „Ihr Edlen, errichtet den stolzen Hochsitz der Flammen, aus Eichenscheiten gen Himmel getürmt! Da schmelze die Glut die Menge der Leiden: die leidigsten, die ich erlebt, als Swanhild unter den Hufen der Rosse starb, — die schneidendsten, die ich gefühlt, als Högni das Herz aus dem Leibe geschnitten ward, — die grimmigsten, die ich erlitt, als Gunnar unter den Schlangen die Harfe schlug, — die glühendsten, die mich verzehrt, als Sigurd auf meinem Lager den Mördern erlag. Nun, mein Sigurd, nun säume nicht: lenke dein dunkles Roß daher und hole dein Weib — nicht frag' nach dem Kinde! — Gedenke der Worte, die wir einst uns sagten, als wir noch Seite an Seite ruhten: du Kühner kämest zu mir aus der Hel, wie ich von der Erde zu dir, meinem Helden. Jetzt ist sie gekommen, die selige Stunde: auf Flügeln der Flammen eil' ich dir zu!" — So weihte Gudrun sich selber dem Brande, und der, von grauem Wolfshaar umflochten, die harfenden Finger des Nibelungenherrn in der Grube der Schlangen zum Sterben geschmückt: mit ihr verbrannte der Ring des Andwari. —

Nach Gudhrûnarhvöt, Hamdhismâl
und Skalda der jüngeren Edda.

12. König Frodhis Mühle

König Frodhi herrschte über die Lande, die nun Dänemark heißen; und das war die glückseligste Zeit, da überall Friede war, niemand dem anderen ein Übel antat, kein Dieb oder Räuber an fremdem Gut sich vergriff, so daß ein Goldreif auf der Jalangerheide lange offen liegen konnte, ohne daß ein Vorüberwandernder ihn aufhob. Das nannte man den Frodhisfrieden. Der König hatte eine große Mühle mit zwei mächtigen Mühlsteinen, die niemand stark genug war, umzuwenden, und die alles mahlten, was man wollte. Die Mühle hieß Grotti. Aus Schweden holte sich Frodhi durch seine Boten zwei sehr kräftige Mägde, mit Namen Fenja und Menja, und befahl ihnen, auf der Grotti ihm Frieden und Freude zu mahlen. Da sangen die Mägde den Grottigesang:

„Wir mahlen dem Frodhi die Frucht und die Macht,
Auf Grotti, der Mühle, ein großes Glück:
Freundlicher Tag und friedliche Nacht,
Auf Schätzen gebettet, die schafft unser Werk."

Da rief schon Frodhi, zur Arbeit mahnend: „Was säumt ihr Faulen! Ihr sollt mir nicht länger die Hände beim Mahlwerk ruhen lassen, als solange der Kuckuck ruft. Da könnt ihr noch genug eure Lieder singen!" Ob der Mahnung wurden die Mägde verdrossen, sie sangen weiter:

„Du warst nicht weise, König beim Kaufe,
Deiner Lande gedachtest du schlecht,
Nach Armkraft und Aussehn war deine Wahl,

Aber du frugst nach den Eltern nicht.
Hart war Hrungnir, härter sein Vater,
Und Thiassi heißt der härteste aller;
Idi und Örner sind seine Sippe,
Die Bergriesen haben uns beide gezeugt.
Nie kam dir Grotti aus grauen Klüften,
Nie stieg aus den Felsen der feste Stein,
Nie schwang dir die Mühle die Maid des Riesen,
Wußtest du, Frodhi, die Wahrheit zuvor!
Wir trieben neun Winter in Tiefen der Erde
Kinderspiele mit spaßender Kraft:
Bauten der Riesen Burgen aus Felsen,
Die Steine stöhnten, gestürzt von uns zweien.
Dann fingen wir Bären und führten in Banden
Gefangene Kämpen und Fürsten im Kampf:
Wir halfen dem einen, wir haßten den andern,
Wir brachen die Schilde und brachten den Sieg!
Nun kamen wir hier an des Königs Hof
Und leiden gemeiner Mägde Los!
Genug ist's der Mühe! Und *müssen* wir mahlen,
Frodhi, nicht froh wirst du deines Befehls!
Du wähnst, du magst schlafen, derweilen wir schaffen?
Erwache! Und lausche der Wissenden Lied!
Mein Auge sieht brennen im Osten die Burg —
Das kündet Krieg! Es kommt ein Heer!"

„Mahlet! Mahlet! Mächt'ger, ihr Mägde!"

Jawohl, wir mahlen die Wal über dich.
Du sollst von dem Sitze des Waltenden weichen,
Den Neidschatz verlieren, das Leben danach.
Die Steine springen — Stücke wie Felsen!

„Mahlet! Mahlet!“

Es mehrt sich die Not.

Der Friede ist aus! Der Fehde kein Ende —
Bis einmal ein Fürst lebt, der Frodhi rächt.
Wir mahlen das Letzte, wir melden das Leid'ge,
Wir künden das Gute, wir kennen, was kommt!

Und die Mägde schwangen mit Riesenzorn die schwere Mühle, die Stange zerbrach, das Werk ging in Trümmer, die mächtigen Steine krachten entzwei. Da sprachen die furchtbaren zwei mit Lachen: „Feierabend! Genug geschafft!“ und verließen beide Frodhis Frieden. —

Was danach sich ereignete — fragt die Sagen! Ein gewaltiger Seekönig kam über Nacht, Mysing, von den Bergen des kalten Nordens. Der war's, der Frodhis Frieden brach, den König fällte, die Mühle raubte. Er nahm sich auch Fenja und Menja wieder in seinen harten, viel härteren Dienst. Was mußten sie ihm mahlen? Nur weißes Salz. Er konnte gar nicht genug bekommen. Frugen sie: „Langt es nicht?“ rief er: „Mahlt weiter! Salz, weißes Salz — es häufte sich auf, wie im Winter der Schnee, auf Deck seines Schiffes — noch eine Weile — zu schwer ward die Last, und bis auf den Grund des Meeres hinunter sank Schiff und

Mühle. Davon, so sagen die klugen Leute, hat noch die See den Salzgeschmack! — Doch andere meinen — vielleicht sind sie klüger? — Frodhi, der friedliche König, sei niemand anders als unser lichter Gott Froh, der, wie jener die Grotti, die Gerda sich holte, aus dem Winterreiche die Frühlingsbraut. Im Sommer, da wird das Korn gemahlen, aber im Winter, da gibt es Schnee. Das ist die Mühle des Lebens genannt. Doch immer wieder wird Froh geboren, und immer wieder kehrt uns der Frühling. Und endlich kommt auch der Friede zurück. Froh freit um Gerda — nach Taten und Leiden der Heldensöhne beginnt von neuem der Götter Lied. —

Nach Grottasöngr und Skalda der jüngeren Edda.

„Mahlet! Mahlet!“

Es mehrt sich die Not.
Der Friede ist aus! Der Fehde kein Ende —
Bis einmal ein Fürst lebt, der Frodhi rächt.
Wir mahlen das Letzte, wir melden das Leid'ge,
Wir künden das Gute, wir kennen, was kommt!

Und die Mägde schwangen mit Riesenzorn die schwere Mühle, die Stange zerbrach, das Werk ging in Trümmer, die mächtigen Steine krachten entzwei. Da sprachen die furchtbaren zwei mit Lachen: „Feierabend! Genug geschafft!“ und verließen beide Frodhis Frieden. —

Was danach sich ereignete — fragt die Sagen! Ein gewaltiger Seekönig kam über Nacht, Mysing, von den Bergen des kalten Nordens. Der war's, der Frodhis Frieden brach, den König fällte, die Mühle raubte. Er nahm sich auch Fenja und Menja wieder in seinen harten, viel härteren Dienst. Was mußten sie ihm mahlen? Nur weißes Salz. Er konnte gar nicht genug bekommen. Frugen sie: „Langt es nicht?“ rief er: „Mahlt weiter! Salz, weißes Salz — es häufte sich auf, wie im Winter der Schnee, auf Deck seines Schiffes — noch eine Weile — zu schwer ward die Last, und bis auf den Grund des Meeres hinunter sank Schiff und

Mühle. Davon, so sagen die klugen Leute, hat noch die See den Salzgeschmack! — Doch andere meinen — vielleicht sind sie klüger? — Frodhi, der friedliche König, sei niemand anders als unser lichter Gott Froh, der, wie jener die Grotti, die Gerda sich holte, aus dem Winterreiche die Frühlingsbraut. Im Sommer, da wird das Korn gemahlen, aber im Winter, da gibt es Schnee. Das ist die Mühle des Lebens genannt. Doch immer wieder wird Froh geboren, und immer wieder kehrt uns der Frühling. Und endlich kommt auch der Friede zurück. Froh freit um Gerda — nach Taten und Leiden der Heldensöhne beginnt von neuem der Götter Lied. —

Nach Grottasöngr und Skalda der jüngeren Edda.

Inhalt

Göttersagen der Edda

Heldensagen der Edda